THE BEAST MUST DIE

野獸該死

Nicholas Blake

尼可拉斯・布雷克

謝佩妏 譯

獻給Eileen和Tony

第一部　菲利斯・蘭恩的日記

一九三七年六月二十日

我要殺了一個人。那個人叫什麼、住在哪裡、長什麼樣子，我一概不知。但我一定要找到他，然後殺了他……

仁慈的讀者，請原諒我用了這麼戲劇化的開場。是不是很像我寫的偵探小說的開場白？唯一的差別是，這個故事永遠不會出版，而「仁慈的讀者」也只是習以為常的禮貌說法──不，也許不盡然。我打算幹下這世界稱之為「犯罪」的事，而每個罪犯都需要傾訴的對象，如果他沒有同夥的話。那種孤孤單單、與世隔絕、懸著一顆心的感覺，沒有人承受得了。說溜嘴只是遲早的事。就算意志再怎麼堅定，超我也會背叛他。膽怯也好，自大也罷，心裡的衛道之士都會不斷追著雞鳴狗盜之徒跑，逼得他說錯話，害得他輕忽大意，布置不利於他的證據，像個誘捕教唆的密探。雖說法治的力量再強大，遇到毫無良知的罪犯也沒轍，但每個人內心深處都有一股贖罪的衝動。罪惡感就是出賣自己的內賊。心裡過不去的事，就會反過來背叛我們。就算嘴巴不肯說，行為也會不經意透露。這就是罪犯喜歡回到犯罪現場的原因，也是我寫這本日記的原因。而你，我想像中的讀者，**偽善的讀者、我的同類、我的兄弟**[1]，你就是我的告解對象。我會對你全然坦承。若有人能拯救我免於走上絞刑台，那個人就是你。

坐在這裡想像謀殺案很簡單。我情緒崩潰之後，詹姆斯就把這間小屋借給我靜養。（不，仁慈的讀者，我沒發瘋，你大可以拋開這個念頭。我的腦袋比任何時候都要清醒。我有罪，但沒瘋。）望著窗外的金頂山在夕陽餘暉下閃閃發光，海灣裡盪漾著有如金屬葉片一樣的波浪，卡柏港在我腳下三十公尺處，伸長了彎曲的手臂擁著一艘艘小船，要想像謀殺太簡單了。因為放眼望去盡是馬丁的身影。要是馬丁沒死，我們就會一起去金頂山野餐；他會穿上那件他很得意的大紅色泳衣涉進海裡戲水。今天就是他的七歲生日，我答應過他，等他滿七歲就要教他開小帆船。

馬丁是我兒子。六個月前的某天傍晚，他出門去村裡買糖果，卻在家門前的那條馬路出了車禍。對他來說，那可能只是轉角迎面而來一陣刺眼到讓人愣在原地的車燈；短短一瞬間的惡夢，之後的衝撞卻讓所有一切墜入永恆的黑暗。他整個人被彈到水溝裡，當場斃命，幾分鐘後我跑出去，只見糖果撒了一地。我記得我彎身去撿，一時之間不知還能做什麼，直到在其中一顆糖果上看見他的血。事後我病了好一陣子，腦炎、精神崩潰之類的。我當然不想活了。馬丁是我的一切，泰莎生下他就死了。

撞死馬丁的人沒停車，警察也沒抓到人。他們說，身體飛得那麼遠又傷成那樣，可見車子開過那個死角的當下時速超過了八十公里。他就是我要找到然後殺掉的人。

今天先到這裡，我沒辦法再寫了。

1　出自波特萊爾的《惡之華》。

六月二十一日

仁慈的讀者，我承諾要對你全然坦承卻沒做到。但這件事我連對自己都無法坦承，除非有天我有足夠的勇氣面對。**是我的錯嗎**？我是否不該讓馬丁一個人走去村裡？

終於！感謝上帝，我終於說出口了！寫出這件事太過痛苦，幾乎要讓筆尖劃破紙張。我頭好暈，彷彿從潰爛的傷口中拔出箭頭，但痛楚本身也是一種解脫。讓我看看令我緩緩死去的倒鉤。

要是我沒給馬丁兩便士，要是那天晚上我跟他一起去，或叫提格太太去，他就不會死了。現在我們就會在海灣裡航行，或到卡柏港的盡頭釣明蝦，或到野花遍地的山坡上踏青。那些大朵大朵的黃花叫什麼名字？馬丁總是想知道所有東西的名字。如今只剩下我一個人，也就沒必要知道了。

我希望馬丁學會獨立。泰莎死後，我知道我的愛有淹沒他的危險，所以我努力訓練他靠自己的力量去完成自己想做的事。我得讓他去冒險。其實他自己去過村裡好幾十次。以前我上班時，他早上會去跟村裡的小孩玩在一起。過馬路他都很小心，我們這條路上的車也不多。誰知道那個惡魔會從轉角撞上來？大概是爲了對旁邊該死的女伴顯威風，不然就是喝醉了。而且闖了禍又沒膽停下車來面對後果。

親愛的泰莎，是我的錯嗎？妳也不會希望我過度保護他吧？妳自己也獨立得要命，不喜歡被人捧在手心裡。不會的，理智告訴我，我是對的。但我忘不了緊抓住破紙袋的那隻手。那隻手沒有指責我，卻讓我不得安寧，有如不吵不鬧卻糾纏不去的鬼魂。復仇將會是完全屬於我一個人的事。

對於我的「疏忽」，不知道驗屍官是否有微詞。在療養院時他們沒讓我看報紙，我只知道有某個或不止一個不知名的人被判過失殺人。過失殺人！死的還是小孩！就算逮到人，凶手也只要坐幾年牢，出獄之後照樣可以在馬路上橫衝直撞，除非從此吊銷他的駕照。有這種事嗎？我一定要找到他，不讓他再出來害人。殺了他是爲民除害，大家應該把我當作大善人，用鮮花爲我加冕（我在哪裡讀到的？）。得了，少騙自己了。你要做的事跟偉大抽象的正義一點關係也沒有。

但我還是好奇驗屍官會怎麼想。或許這就是我明明好多了，卻還是賴在這裡不走的原因：深怕旁人說閒話。看哪，那就是害自己小孩被車撞死的人，驗屍官是這麼說的。叫那些人跟驗屍官都去死吧！反正再過不久他們就可以名正言順叫我殺人凶手了，現在又何必在意這些？

後天我就回家了，就這麼決定。今晚我會寫信給提格太太，請她把小屋收拾好。我已經面對了失去馬丁最不堪的部分，也真心相信那不是我的錯。我的傷已經痊癒，從今以後可以全心全意投入我最後一個任務。

六月二十二日

今天下午詹姆斯來看我，說「只是來看看你怎麼樣」，不一會兒就走了。他人眞好。看見我好多了他很訝異。我說都是因爲他的這間小屋環境宜人，有益健康。我怎麼可能告訴他，是因爲我找到了活下去的動力，那說不定會引來一連串尷尬的問題。至少有一個問題我就答不出來。「你從什麼時候決定要殺了X？」諸如此類需要長篇大論才答得清楚的問題（就像「你從什麼時候愛上了我？」）。跟戀人不同的是，打算行凶的人沒那麼愛談自己的事，雖然這本日記的存在剛好是反證。凶手就算要說，也是犯案之後才說——而且往往說得太多。可憐的傢伙！

我幽靈般的告解對象，我想也該來說說我這個人了，交代一下年齡、身高、體重、眼睛的顏色、成爲殺人犯的資格之類的事。我今年三十五歲，身高一百七十二公分，棕色眼睛，臉上表情無甚特別，憂鬱和善的臉有如倉鴞（至少泰莎是這麼說的），頭髮說也奇怪至今尚未灰白。我名叫法蘭克．卡恩斯。以前曾在勞動部占了一個位置（我不會說是「工作」），但五年前因爲繼承一筆遺產和自己生性懶散，於是說服自己遞出辭呈，遷入我跟泰莎一直嚮往的鄉間小屋。好景不常，誠如詩人所說，「她應該晚一點再死的。[2]」成天泡在花園和小船上悠閒度日，連我這種生性懶散的人也會膩煩。於是我開始寫偵探小說，用「菲利斯．蘭恩」這個筆名發表。寫著寫著也寫出了一點名堂，還意外讓我賺了不少錢，但我無法說服自己偵探小說是種嚴肅文學，所以就一直沒公開「菲利斯．蘭恩」的眞實身分。我要出版社保證不會洩露我的眞實身分。一開始他們對作者不想跟他生產的不入流作品有所牽扯感到錯愕，後來竟也喜歡上這樣故弄玄虛。他們認爲搞神祕也是一種好宣傳，再加上出版人耳根子軟，後來甚至把這當作一種噱頭。我滿想看看那些「快速增加的讀者」（出版社用語）到底是誰會想知道眞實世界裡的菲利斯．蘭恩是圓是扁。

總之，這裡沒有要批評菲利斯．蘭恩的意思，過不久他就會大有用處。另外還有一件事。鄰居問起我整天都在家裡寫什麼，我都會說我在寫華滋華斯的傳記。我確實對大詩人頗爲熟悉，但要我寫他的傳記，不如要我吞一大桶固體膠還比較快。

說到當殺人犯的資格，只能說我嚴重欠缺。身爲菲利斯．蘭恩，我累積了一些法醫、刑法和執法程序的皮毛知識，但我從沒對人開過槍或下過毒，連老鼠都沒有。根據我的犯罪學知識，只有上將、哈萊街的醫生[3]和礦場老闆殺了人可以逍遙法外。但這麼說或許對沒有專業背景的殺人犯太不公道。

至於我的性格，從這本日記中可見一斑。雖然自認性格卑劣心裡會比較好過，但這大概只是世故者自欺欺人的方法……

永遠不會讀到這本日記的仁慈讀者，原諒我這樣裝腔作勢的長篇大論。一個人要是孤伶伶在浮冰上，獨自在漆黑中迷失方向，一定也會自言自語。明天我就回家了。希望提格太太已經把他的玩具都送走。我已經交代過她。

2 出自莎士比亞的《馬克白》，馬克白聽聞夫人死訊後說出的經典獨白。

3 倫敦哈萊街以名醫雲集聞名。

六月二十三日

小屋還是沒變。怎麼可能變？難道我期望牆壁流下眼淚嗎？這就是人類的傲慢，以爲在心裡翻攪的痛苦會讓自然的面貌隨之改變，可悲的謬論。小屋當然不會改變，除了生命已流逝外。我看見馬路轉角立起了危險標誌。太遲了，一如過往。

提格太太很安靜。她似乎察覺到了我的情緒，或者她是爲了我著想，慰問的語氣才像在探病。回頭想她那句安慰的話，我尤其覺得反感——嫉妒某人曾經那麼喜歡馬丁，曾經參與過一部分他的生活。老天啊，我是不是快變成想把孩子占爲己有的父親？如果是，那麼謀殺確實很適合我。

……寫到一半提格太太跑進來，紅通通的大臉上帶著抱歉而堅定的表情，像個鼓起勇氣去投訴的膽小鬼，或是從聖壇領完聖餐回來的人。「先生，我實在做不來，」她說，「我不忍心……」甚至開始哭哭啼啼，嚇了我一跳。「做什麼？」我問她。「把東西送走，」她哭著說，把鑰匙往我桌上一丟就奪門而出。那是馬丁的玩具櫃鑰匙。

我上樓到兒童房打開櫃子。我要立刻動手，不然就別想完成了。我盯著玩具看了很久，無法思考。車庫模型、火車頭、只剩下一隻眼睛的破舊泰迪熊，這是他最愛的三件玩具。考文垂・佩特摩[4]的詩句浮上我腦海——

他在伸手可及之處放上
一盒籌碼和一顆紅紋石
一片在海灘上受盡風霜的玻璃
六七個貝殼
一瓶藍鈴花
兩枚法國銅板，一一精心排列
撫慰他悲傷的心

提格太太說的沒錯，是該留著，留著不讓傷口癒合。比起村裡的墓碑，這些玩具是更好的紀念碑。它們會讓我難以入眠，讓某個人必死無疑。

4 考文垂・佩特摩（Coventry Patmore, 1823-1896），十九世紀英國詩人。

六月二十四日

今天早上去找艾德警佐談過。跟沙波[5]說的一樣，骨頭肌肉多又多，就是腦袋嫌不夠。那個笨蛋的眼神自大又凶狠，一副盛氣凌人的嘴臉。爲什麼只要遇到警察，人就會陷入道德癱瘓，彷彿坐在小艇上就要被「羅德尼號」戰艦撞翻？也許只是害怕被抓，畢竟警察永遠處在戒備狀態，因爲「上層人士」只要一個不高興就會讓他們日子難過；而下層階級看到代表「法律和秩序」的警察，出於本能就會把他們視爲敵人。然而……

艾德像平常擺出官樣，三緘其口。他習慣一邊抓右耳垂，一邊盯著別人頭頂上方的牆壁，這動作讓我抓狂。他說調查仍在進行，各種管道無一遺漏，大量消息經過過濾，但目前仍未掌握可靠線索。這當然就表示調查陷入僵局，只是他們不肯承認。這樣也讓情況變得更加乾淨俐落。一對一對決。我求之不得。

我給艾德送上一大杯啤酒，讓他稍微鬆口，設法從他嘴裡套出一些「調查」的細節。警察顯然使出了渾身解數，除了在BBC呼籲車禍目擊證人出面指證之外，警方也幾乎踏遍全郡每間修車廠，打聽有哪些車進廠修理擋泥板、保險桿和散熱器等等。他們還圈出一大塊範圍，不無巧妙地調查車主有無車禍發生當時的不在場證明。之後甚至沿著那傢伙可能走的路線在村落附近挨家挨戶詢問；另外也問了路邊加油站老闆和汽車協會等等。看來那天傍晚有場汽車耐力賽，警方認爲肇事者可能是其中一名脫隊的駕駛人（他開車的速度確實很像在趕進度），但卻沒發現開到下個關卡的車輛有任何損傷。此外，他們也根據該關卡和前一個關卡人員所給的時間算出，不可能有駕駛人繞路穿過我們的村子。這中間或許有什麼漏洞，就算有，我不認爲警方會沒發現。

希望我套他這些話時，不會顯得太過冷酷好奇。傷心欲絕的父親一般會想知道這些事嗎？不過我不認爲艾德會對病態心理學的細微差異特別感興趣。現在有個棘手的問題。如果連整個警察單位都找不到人，我能成功嗎？這豈不就像在乾草堆裡撈針！

且慢！要是我想藏一根針，也不會藏在乾草堆裡，而是會藏在一大堆針裡。現

5 英國驚悚小說家H. C. McNeile的筆名。

在的問題是：艾德很確定當時的撞擊力道一定會對車頭造成損傷，就算馬丁輕如羽毛也一樣。而掩藏車身損傷最好的方法，就是在同一個地方製造更多損傷。如果我因爲撞到一個小孩而導致擋泥板凹陷（打個比方），我會爲了掩蓋眞相而製造假車禍，例如開車去撞柵門、樹木之類的，這樣就能蓋過之前的碰撞痕跡。

現在要弄清楚的是，那天晚上有沒有車發生這類碰撞。明天早上我會打電話問艾德。

六月二十五日

不妙。這點警察早就想到了。從他講電話的語氣聽來，艾德對死者家屬的尊重已經快被磨光。他客氣而坦白地說，警察不需要外行人教他們怎麼辦案。照他所說，警察已經調查過周邊的所有車禍，以展現他們的「誠意」。這個自以爲是的笨蛋。

我茫然又氣憤，不知道該從何開始。我怎麼會以爲只要伸出手就能揪出我要找的人？這一定是殺人犯自大狂的第一階段表現。今天早上跟艾德講完電話後，我覺得煩躁又灰心，除了在花園裡閒晃也無事可做。所有一切都讓我想起馬丁，尤其是關於玫瑰的那件蠢事。

馬丁更小的時候會在花園裡跟著我打轉，看我剪插花用的玫瑰。有天，我發現他把二十幾朵展示用的得獎玫瑰剪下來——名叫「黑夜」的上等深紅色玫瑰。我對他大發雷霆，即使當時我也知道他自以爲在幫我。如此狠心，我不配當人。事後我花了好幾個小時也安撫不了他的情緒。信任和純眞就是這樣破壞的。如今馬丁已死，我想也不重要了，但我多麼希望那天沒對他凶，那對他來說想必就像世界末日一樣。要命，我愈來愈多愁善感，接下來會不會開始列出他說過的童言童語。有何不可？是啊，有何不可？此刻看著窗外的草坪，我想起有次看見被割草機切成兩半、拚命扭呀扭要把身體接回去的毛毛蟲，他說，「爹地，你看，有隻毛毛蟲分軌了。」好個妙喻。這麼善於用喻，說不定是當詩人的料。

我會開始這樣多愁善感，其實是因爲早上走進花園時，發現園裡每朵玫瑰的頭都被剪掉。我的心瞬間靜止（我在驚悚小說裡的用詞）。那一刻我以爲過去六個月只是場惡夢，馬丁其實還活著。這想必是村裡某個小孩的愚蠢惡作劇，毫無疑問，但我完全被打敗，感覺全世界都在跟我作對。公正仁慈的神起碼還會手下留情，留下幾朵完好的玫瑰。我想我應該跟艾德通報這種「破壞行爲」，但又無力理會這種事。

我的啜泣聲誇張到自己都聽不下去。只希望提格太太不會聽見。明天傍晚我會去酒吧轉一轉，打聽打聽消息。總不能一直關在小屋裡悶悶不樂。睡前先去彼得斯那裡喝一杯好了。

六月二十六日

心裡藏著祕密自有一種獨特的刺激感。就像故事裡胸前口袋藏著炸藥，長褲口袋藏著燈泡的人，只消一按，就可以把自己和二十公尺以內的所有一切炸得飛上天。當年我跟泰莎私定終生，心裡就是這種感覺，彷彿胸口藏著一個危險、美好、隨時會爆炸的祕密。昨晚跟彼得斯談過我又有同樣的感覺。他是個好人。但我想他從沒遇過比生小孩、關節炎和流感更戲劇化的事。我不停想，要是他知道有個即將犯案的殺人犯跟他坐在一起，喝著他的白牌威士忌，他會作何感想。在某一刻，我差點按捺不住衝動脫口而出。看來我真的要非常小心才行，這可不是遊戲。雖說就算說出口，他也不會相信我的話，但他要是把我送回療養院（或者更糟的地方）「觀察」就糟了。

我鼓起勇氣問他，聽到他說死因聆訊時沒人提到我該爲馬丁的死負責時，我暗自慶幸。儘管如此，這件事我還是耿耿於懷。看著村人的臉，我不由好奇他們都怎麼看我。拿安得森太太來說好了，她是我們風琴手的遺孀。今天早上她爲什麼故意過馬路好避開我？以前她一直很疼愛馬丁，根本就是用她的草莓、鮮奶油和那些奇怪的喉糖把他給寵壞了，還趁我不注意時偷偷抱他（馬丁跟我一樣不喜歡這一點）。唉，這個可憐人沒有小孩，丈夫過世又讓她肝腸寸斷。我寧可她裝作沒看見我，也不要她把同情心往我身上倒。

我跟很多過著孤立生活的人一樣（我是指精神上的孤立），對他人對我的看法異常敏感，不喜歡出風頭或跟人過分親熱，被人討厭卻又會極度不安。不是很討人喜歡的特點。魚與熊掌都想要，既希望鄰居喜歡我，又不想跟他們走得太近。但如我之前所說，我並不自認爲是個好人。

我要直接走去馬鞍匠酒吧，聽聽那裡的人怎麼說，說不定會找到一絲線索，雖然我猜艾德已經找所有人問過話。

一會兒過後

這兩個小時我喝了大約十杯酒，腦袋卻還是清醒得要命。看來有些傷深到連局部麻醉都沒用。每個人都很和善，畢竟傷天害理的壞蛋又不是我。

「丟人現眼，」他們說，「那種人就算吊死他都算便宜他了。」

「我們想念那小子……活力充沛的小傢伙。」這句話出自牧羊人老巴奈口中。「那些汽車是鄉下地方的禍害，我要有能耐啊，就要立法禁止。」伯特．庫鎮（村上的自大狂）說：「馬路如虎口，就是這樣，馬路如虎口啊。唉，如果你懂我要說的，總之呢，物競天擇，適者生存——無意冒犯，老兄，我們對這件可怕的不幸事件由衷同情。」年輕小夥子喬拉高聲音說：「適者生存？那麼你在這裡幹嘛，伯特？胖者生存還比較對吧。」這話說得有點過分，喬因此引來一陣噓聲。

都是些好傢伙，對死亡不自以爲是、不冷嘲熱諷，也不感情用事，而是腳踏實地面對它。他們自己的小孩不會游泳就得溺水；他們請不起保母，也買不起奢侈品和昂貴的食物，所以絕對不會責怪我太放任馬丁，因爲他們自己的小孩就是這樣長大的。這我早就應該猜到。除此之外，他們恐怕對我沒什麼幫助。泰德．巴奈最後說：「我們會想盡辦法找到那個混……那個肇事者。事發之後我們看到一、兩輛車開過村子，但因爲不知道出了什麼事，也就沒多留意有啥異狀，車燈又亮成那樣，車牌什麼的都看不清楚。這應該是那個該死的警察的工作，只不過艾德把時間都花在……」大家開始七嘴八舌，惡毒地猜測咱們了不起的警佐閒暇時的娛樂，看來怎麼猜都離不開色情。

在獅子與羔羊酒吧和王冠酒吧也是一樣的結果。不缺善意，但消息不多。這樣下去不會有多大收穫，應該改換另一種策略。問題是，換什麼策略？今晚已經累到沒力氣去想了。

六月二十七日

今天走了很長的路到賽倫塞斯特鎮，經過我跟馬丁之前一起發射玩具滑翔機的山脊。他對滑翔機很著迷，就算不是撞上車子，難保有天不會撞上飛機。我永遠忘不了他站在那裡看滑翔機的樣子，臉上難以形容地嚴肅和緊繃，一副可以用念力讓滑翔機一直在空中翱翔似的。整個鄉間都是他的紀念碑。只要我留在這裡，傷口永遠不會癒合——這就是我想要的。

最近好像有人想把我趕走。昨晚我窗下的花圃種的聖母百合和菸草都被連根拔起丟到小徑上。應該是凌晨的事，因爲午夜時都還沒事。村裡的小孩不會重複兩次這種惡作劇。其中的惡意讓我有點擔心，但想嚇我沒那麼容易。

剛剛有個非比尋常的念頭掠過我腦海。難道我有什麼死敵故意害死馬丁，現在還想毀了我珍愛的一切？不可思議。可見人孤單太久，腦袋就很容易胡思亂想。但再這樣下去，我甚至連早上起床都不敢往窗外看。

今天我走路走得很快，這樣腦袋就跟不上腳步，好不容易擺脫腦中的叨叨絮絮幾個小時，所以現在覺得神清氣爽。那麼，想像的讀者，若你允許，現在我要開始在紙上思考該採取什麼新策略了。最好把一連串的方法和推論寫下來：

一、警察的調查方法沒用，因爲他們的資源比我多很多，卻還是抓不到人。這表示我應該善用自己的長處，身爲偵探小說家的長處，也就是用罪犯的角度去思考。

二、要是我撞到小孩，弄壞了車子，我的直覺反應會是避開主幹道，免得讓人看見車子受損，然後盡快找到可以修車的地方。但警察調查過附近所有的修車廠，發現車禍後幾天進廠送修的車都有清白的理由。他們當然可能想辦法瞞過警察，但我想不通要怎麼辦到。

這代表什麼？

1.車子毫無損傷，但專業判斷認爲這極不可能。要不就是2.肇事者直接把車開進私人車庫，從此就把車鎖在裡面。可能是可能，但機率不高。或者3.肇事者自己偷偷把車修好。這無疑是最可能的解釋。

三、假設那傢伙自己修車，這是否點出對方是什麼樣的人？對，他一定是內行人，手邊就有必要的工具。但就算只是擋泥板凹了一小塊也得敲敲打打，發出的噪音連死人都會吵醒。**吵醒**！沒錯。他得在車禍當晚就把車修好，隔天早上才不會露出馬腳。但晚上敲敲打打鐵定會吵到人，引來懷疑。

四、當晚他沒有敲敲打打。

可是，無論他把車開進私人車庫還是大眾修車廠，即使他敢拖到隔天早上再修車，敲敲打打也都一定會引來注意。

五、他完全沒有敲敲打打。

但我們還是得假設他想辦法修了車。我怎麼會那麼笨！就算要把小凹陷敲平，**也得先拆掉擋泥板**。假如肇事者禁不起修車時發出太多噪音（我們不得不如此推論），那麼他一定是拆下受損零件，重新換上新零件。

六、假設他換了新的擋泥板，或許還有新保險桿跟車前燈，處理掉受損的零件。那麼接下來呢？

他至少一定是個相當專業的維修員，而且還拿得到汽車零件。換句話說，他一定在大眾修車廠工作，甚至**自己就是老闆**，因爲只有修車廠老闆拿了零件不會讓人發現，而且也不用負責。

老天有眼！總算有了一些進展。我要找的人是一家大眾修車廠的老闆，而且想必是效率一流的修車廠，不然不會庫存必要的零件。但規模可能不大，因為大修車廠裡確認零件有無庫存的應該是記帳員或經理，而不是老闆。或者，肇事者也可能是一家大修車廠的經理或記帳員。這恐怕就會擴大可能的範圍。

我可以對車子和車子受到的損害做出什麼推論？從駕駛人的視角來看，馬丁是從左到右越過馬路。他的身體被撞到道路左邊的水溝。也就是說，車子是左邊受損，尤其如果車子為了避開他而微微右轉的話。左手邊的擋泥板、保險桿或頭燈。頭燈……這像在對我傳達什麼訊息。想想看，想想看……

有了！路上沒有碎玻璃。什麼樣的頭燈最不容易被撞破？裝上格柵的那種，就像低底盤跑車會裝的那種。一定是低底盤跑車（加上內行的駕駛），才能用那種速度切過轉角還不會飛出去。

總結：可以合理推論肇事者是個膽子大、經驗老到的駕駛，不但是一家效率一流的大眾修車廠老闆或經理，還擁有一輛跑車，頭燈裝了格柵。有可能是新車，不然右邊原來的擋泥板和左邊換新的擋泥板之間的差異就會被發現。不過我猜他會故意把新的弄舊一點，加些刮痕、灰塵之類的。哦，還有一件事：他的修車廠一定位處偏僻，要不他就是有實用的遮光提燈，否則晚上修車就可能被人看見。此外，當天晚上他一定會出門把拆下的受損零件拿去丟掉，所以附近一定有河流或樹叢可讓他丟棄——直接丟在修車廠的垃圾場風險太大。

天啊，早已過了午夜，我得睡了。現在總算起了個頭，我彷彿重獲新生。

六月二十八日

絕望。在早晨的光線下，一切都顯得脆弱不堪。認真想想，我甚至不確定有沒有車會在頭燈上裝格柵。散熱器有，但頭燈呢？無論如何，這要確認不難。但就算我的整套推論都奇蹟似地道中了事實，我離他還是差不多一樣遙遠。擁有跑車的修車廠老闆大概有成千上萬個。車禍約在晚上六點二十分發生，假設他最多要花三小時換新零件、丟掉舊零件，也還有十個小時的漆黑夜晚可以到處瞎跑，這表示他的修車廠可能在方圓四百八十公里之內，或許範圍再小一點。車上帶著「獸印」[6]，他不太可能停車加油。但就算是方圓一百六十公里內的所有修車廠，我難道要一家一家去問老闆有沒有跑車？就算對方說有又怎麼樣？想到就頭昏，像永恆一樣無邊無際。我對那個人的怨恨想必讓我的常識都崩解了。

或許這並非我感到絕望的主因。今天早上我收到一封匿名信，不知是誰趁大家還在睡覺時親手投遞的。大概就是毀了我花圃的那個瘋子。我真的快抓狂了。廉價信紙，大寫字母，全都很老套。信的內容如下：

你害死了他。經過一月三日發生的事，真不知道你怎麼還敢在村子裡露臉。難道你不懂暗示嗎？我們不希望你在這裡出現，之後一定會讓你在這裡過不下去，後悔跑回來。馬丁流的血你要負責。

聽起來像受過教育的人，而且還不止一個？如果「我們」代表什麼的話。啊，泰莎，我該怎麼做？

6 mark of the beast，在《聖經》裡指反基督或假先知的記號，延伸為不潔的印記。

六月二十九日

黑暗之後，就是黎明！狩獵開始了！就讓我用這一連串的陳腔濫調迎接新的一天。今天早上我開車出去。因爲心情仍然低落，所以想說去牛津看看麥克好了。我抄捷徑從賽倫塞斯特到牛津路，一條我從沒走過的山坡小路。不久前才下過雨，陽光下一切都閃閃發光，充滿活力。我望著右邊的原野，一大片紅花草的驚人美景映入眼簾，顏色有如搗爛的覆盆子，讓我一個不注意開進路上的水窪中。

車子滑到另一邊就突然熄火。我不知道引擎蓋底下發生了什麼事，但這輛車熄火時也只能停下來等它消氣，通常等一陣子就能再發動。我下車抖抖身上的水；開進水窪時濺起一大灘水，潑到我身上。有個傢伙靠在農場柵門上，探出頭跟我攀談。我們交換了幾句「下雨兼淋浴」之類的俏皮話。之後那傢伙說，今年冬天某個晚上這裡也發生過同樣的事。我閒來無事，禮貌地回問他是哪一天，沒想到這個問題打開了他的話匣子。他在腦中做了些複雜無比的計算，包括他岳母來訪、綿羊生病、無線電視壞掉，最後說，「一月三日吧。啊，沒錯，就是一月三日。不會有錯。天黑之後。」

那一刻（你知道俗語真會莫名其妙跳出腦海），我發現自己盯著腦中的一行字——「在羔羊血中洗淨」[7]。現在我想起來是途經一所衛理公會教堂時，在海報上看到的。「牆上的字」再清楚不過[8]。下一刻我反應過來時，「血」這個字就跟昨天我收到的那封匿名信（「**馬丁流的血你要負責**」）連在一起。一瞬間，迷霧散去，我看見撞死馬丁的人飛車開過水窪的清楚畫面，但跟我不同的是，他是故意的——**為了洗掉馬丁留在他車上的血**。

我口乾舌燥地問那位先生，語氣盡量顯得若無其事：

「你會不會剛好記得那個人開過去的時間？」

他慢條斯理地想了想。一切有如箭在弦上，一觸即發（這些老話多麼讓人滿足）。之後他說：

「應該是快七點吧。大概再十五或十分就七點，我猜。啊，沒錯，差不多六點四十五分。」

7 耶穌是上帝的羔羊，因此羔羊血能洗去世人的罪。

8 典出《聖經》，後延伸為不祥之兆。

我臉上的表情一定很有趣。我發現他好奇地看著我，所以我興奮無比地說：

「唉呀，那一定是我朋友！他跟我說他離開我家之後迷了路，後來還在科茲窩撞上水坑……」等等等。

我躲在這片煙幕後面快速在腦中計算。開車到這裡我只花了半個多小時。如果開跑車，路又熟不需要停下來看地圖，X有可能在六點二十分（車禍發生時）到六點四十五分之間開到這裡。二十五分鐘內開二十七公里路，平均時速六十四公里，對跑車不是問題。我不顧一切問他另一個問題。

「是速度很快的低底盤跑車對吧？你有注意是什麼廠牌嗎？或是車牌號碼？」

「車子開過去的速度確實很快，我沒看清是什麼廠牌。天色暗了，車燈又刺眼，我老遠就看到車了。車牌號碼我不記得了，前面好像是ＣＡＤ。」

「那就對了！」我說。（ＣＡＤ是格洛斯特郡的新牌照字母。範圍縮小了。）

我暗中忖測：車燈明明夠亮，只有神經病才會故意加速衝上水窪，除非他是故意想把一大片水花濺到車頭上，洗掉上面的血跡。我是因爲顧著看風景才會不小心開上去，但晚上沒人會看風景。之前我怎麼會忘了考慮血跡的問題？很明顯的，X如果回程得在某處停車，車身的血跡就可能被發現，這要比撞凹的擋泥板更難解釋。另一方面，停下車拿抹布擦掉血跡也有某種程度的風險，要處理掉沾了血的抹布沒那麼簡單。最簡單的方法就是從水坑上直直開過去，其他交給水花就行了。他應該會停下車檢查洗得徹不徹底。

我意識到旁邊的人在說話，對方那張棕色燈芯絨似的臉露出疑似擠眉弄眼的眼神。

「美人胚子，你說是吧？」

一瞬間我以爲他說的是X的車，後來才驚覺他指的是X本人——她本人。不知道爲什麼，我從沒想過我找的人會是女人。

「我不知道我朋友……車上還載了人。」我結結巴巴，設法化險爲夷。

「哦，啊，」他說。（危機解除！謝天謝地！）所以車上有一男一女。那個混蛋果眞如我所料，是在對女伴顯威風。我設法鼓勵對方多說些「我朋友」的事，但收穫不大。「一個外表體面的大塊頭，談吐彬彬有禮。他那個女友正在氣頭上，開車濺起一大片水花讓她很害怕，嘴裡一直嚷著：『快一點，喬治，我們可不想在這裡耗上一整晚。』但他不慌不忙地站在那裡，就跟你一樣，身體靠在擋泥板上，親切地跟我攀談。」

「靠在擋泥板上？就在這裡？」我問，不敢相信自己這麼好運。

「嗯，沒錯。」

此刻我正好靠在車子正前方左手邊的擋泥板上（我推測X的車受損的地方），而X靠在上面是爲了遮住凹痕，免得讓跟我攀談的男人看見。我又拐彎抹角問了幾個問題，卻再也問不出更多X或他的車的事。我無計可施了。因爲無話可說，只好故作幽默地說：

「看來我得問問喬治他女朋友的事。怎麼能做那種事？他可是個有婦之夫。不知道那女的是誰。」

這句玩笑話讓我歪打正著。男人搔搔頭。

「仔細想來，我好像知道她的名字，只是忘了。上禮拜才在電影上看過她，在切爾特翰。她穿著內衣褲，但也沒幾塊布。」

「在電影裡穿著內衣褲？」

「嗯，內衣褲。我媽嚇了一大跳。叫什麼名字來著？嘿，老媽！」有個女人從農場走出來。

「媽，我們上禮拜看的電影叫什麼名字？我說第一部。」

「那部短片？《女傭的膝蓋》。」

「啊，沒錯，《女傭的膝蓋》。而這位小姐……她就是寶莉，片中的女傭，懂嗎？老天，她連一半膝蓋都沒露出來。」

「有點蠢的片，我認爲，」女人說。「咱們葛蒂才是女傭，但她沒有蕾絲內衣也沒時間像那個什麼寶莉的賣弄風騷。要是她敢，看我修不修理她。」

「你是說，跟我朋友在一起的女孩，就是電影裡演寶莉的女人？」

「這我不敢保證，我可不想害那位先生惹上麻煩，呵呵，你說是吧？車上的那位小姐大部分的時間都把頭別開，我敢說她不想被人認出來。那個先生打開車上的燈時，她氣炸了，急忙說：『該死的，快關掉，喬治！』所以我才會瞥見她的臉。後來我在電影上看見寶莉，我就跟我媽說：『嘿，這不就是那天車上的那位小姐！』是吧，媽？」

「是啊。」

之後，我跟那對母子告別，不忘拋下幾個曖昧的暗示，希望他們別跟人說這件事。就算要說，除了那對男女之間的姦情也沒啥好說，我想我很有技巧地助長了他們的這種想法。他們想不起飾演寶莉的女演員叫什麼名字，所以我直接開往切爾特常取這類名字。那女孩名叫莉娜．羅森，他們所謂的「小明星」（天啊，好個用翰查證。《女傭的膝蓋》是一部英國片，從片名就大概猜得出來，英國廉價低級片詞！）。片子這禮拜在格洛斯特上映。我打算明天去開開眼界。

難怪警察沒找來這些證人。他們的農場地處偏僻，門前的路連白天都沒有什麼車經過。他們沒聽到ＢＢＣ的呼籲，因為無線電視那週剛好壞了。再說，誰會想到車上那對男女跟三十公里外發生的車禍有何關聯？

我得到有關Ｘ的新資料有：名叫喬治，車子是格洛斯特郡的牌照。由他知道哪裡有水窪這點看來（他絕對沒時間從地圖上找），他極有可能住在鄉下。還有，莉娜．羅森是他的弱點。之所以說是弱點（千眞萬確），那是因為當「我的朋友」上前跟路人搭訕時，她顯然很怕，才會說「快一點」，還設法把臉藏起來。我的下一步是跟她接觸。只要給她一點壓力，她一定會崩潰。

六月二十日

今天晚上去看了莉娜·羅森的電影。我必須說，她是挺可愛的一個人，很期待能認識她。但天啊，那什麼片！早餐過後我花了很多時間查本郡修車廠的業者名單，只限字母G開頭的。最後列出了將近二十個名字。看著一連串名字，心中知道你將要除掉其中一個，感覺很詭異。

我的犯案計畫漸漸占據了我的心思。但要等到整理出大致方針，我才會把它寫下來。不知爲什麼，我有種菲利斯·蘭恩終究會派上用場的感覺。但想接觸到你的目標，要先處理好所有荒謬、無聊的小細節才行，更不用說殺了他，準備工作簡直可比要去攀登聖母峰一樣繁雜。

七月二日

兩天來我絞盡腦汁擬出一個毫無破綻的殺人計畫，直到今晚我才發現根本沒必要。非常有趣的發現，人類智力（甚至還是高於平均的智力）竟然如此不可靠。重點在於，除了我（或許還有莉娜．羅森），沒人知道「喬治」就是撞死馬丁的人，想當然也就沒人會發現我殺害喬治的動機。我當然知道倘若間接證據證明被告有罪，不一定要有合理的動機才能定他的罪。但在實際狀況下，要是沒有可能的殺人動機，就只有目擊證人才能定一個人的罪。

只要喬治和莉娜沒把菲利斯．蘭恩和法蘭克．卡恩斯（被他們撞死的小孩父親）連在一起，這世界上就不會有人發現我跟喬治之間的關聯。我很確定報章上有關馬丁車禍的報導沒有放我的照片，提格太太完全不給記者任何機會。而唯一知道法蘭克．卡恩斯就是菲利斯．蘭恩的，只有我的出版社，他們都發誓會保守祕密。因此，只要我好好打出手上的牌，以菲利斯．蘭恩的身分請人介紹我認識莉娜．羅森，透過她接近喬治，然後找機會殺了他就行了。萬一她或喬治讀過我寫的偵探小說，看穿了出版社「搞神祕」的花招（「誰是菲利斯．蘭恩？」之類的玩意兒），我只要說那不過就是宣傳手法，其實我就是菲利斯・蘭恩。唯一的風險是，會不會有我認識的人發現我在莉娜面前假扮成菲利斯・蘭恩？但我想那不難避免。首先，去見那個性感小明星之前，我得先把鬍子留長。

喬治會把撞死馬丁的祕密帶進墳墓（在那裡他會有永恆的時間思索差勁的駕駛有多該死），而我犯下這件「罪行」的動機也會埋進同一座墳墓。唯一可能的風險來自莉娜。或許之後也有必要除掉她，但希望不會，雖然目前我沒有理由相信世界少了她會有何損失。

幽靈般的讀者，你對我只求自保感到不齒嗎？一個月前，當除掉撞死馬丁凶手的念頭開始潛進我的腦海，我就不想活了。但隨著殺人的決心愈強烈，我想要活下去的決心就愈茁壯。兩者一起成長，變成分不開的雙胞胎。殺了人卻能全身而退，我覺得這是我對這個復仇計畫的責任，就像喬治撞死馬丁也差一點就能全身而退一樣。

喬治。我漸漸把他當成了一個老相識，幾乎像戀人一般殷切盼望著見到他的那一天。但我沒有證據證明他就是撞死馬丁的人，除了他故意開車濺起水窪的奇怪舉動，還有我心裡的一股直覺。我要怎麼樣才能證明？到底要怎麼樣才能證明？

算了，到時候再說吧。我只要記住，別想太多或失去理智，我就可以殺了不論是不是喬治的凶手，也不會受到懲罰。意外，一定要弄得像意外。偷偷下毒或複雜的不在場證明就別想了，只要引他走上懸崖或趁過馬路時輕輕推他一下就行了。沒人會知道我想殺他的動機，因此也沒人有理由懷疑那不是意外。

可是，某方面來說，我很遺憾必須這樣。我答應過自己要看著他生不如死，他不配死得那麼痛快。我希望他一點一點慢慢燒死，或看著螞蟻爬滿他還有呼吸的身體，或讓他服下番木鱉鹼，那會讓一個人的身體僵硬地弓起來。老天啊，我多想讓他從山坡上滾下地獄……

這時候提格太太剛好走進來。「在寫書嗎？」她問。「對。」「有事情能讓腦袋暫時停下來，算你幸運。」「是啊，提格太太，非常幸運。」我輕聲答。她也很疼馬丁，以她自己的方式。她從很久以前就不再看我桌上的手稿。以前我會把自己亂掰的華滋華斯傳記丟在桌上，這打消了她偷看的念頭。「你要知道，我也喜歡看書，」有次她說，「但不是你那種高水準的東西，看了我會肚子痛，我說真的。我老公就很能讀，莎士比亞、但丁、瑪麗．科雷利[9]，全都讀了，也想抓我一起讀，說我應該提升自己的心靈。我就跟他說：『你啊，別管我的心靈，這個家有一個書蟲就夠了。』還有，『但丁不會幫你拖地煮飯。』」

不過，偵探小說的手稿我一向都會鎖起來，這本日記也一樣。雖說就算有外人剛好發現，也只會認爲那是菲利斯．蘭恩的另一本驚悚小說。

9 維多利亞時代的暢銷女作家，當年銷量甚至遠高於同時代的柯南．道爾。

七月三日

今天下午，史里文漢上將突然來訪，跟我囉唆了一番英雄雙韻體的爭議。他是個非常令人欽佩的男人。爲什麼上將總是如此聰明和藹又博學迷人，上校卻毫無例外地令人討厭，而少校更是多半讓人不敢領教呢？或許這是「大眾觀察」可以探討的課題。

我跟上將說，再過不久我打算放個長假，我受不了這地方老讓我想起馬丁。老傢伙那雙正直的藍眼珠銳利一閃，睨著我說：

「不會是要去做什麼傻事吧？」

「傻事？」我一愣，瞬間以爲他不知用什麼方法發現了我的祕密計畫。那聽在我耳裡幾乎像一種指控。

「嗯，」他接著說，「沉迷於酒色、坐遊艇、獵大灰熊，那些愚蠢又沒意義的事。工作是唯一的解藥，相信我的話。」

我鬆了一大口氣，原來他是指這個。我對這位老朋友油然生起一股好感，讓我想要對他坦白，報答他沒有發現我的祕密——眞有趣的反應。於是我跟他說了匿名信和花圃被毀的事。

「眞的？」他說。「眞可怕，我不喜歡這種事。你知道，我向來脾氣溫和，討厭射殺動物那一類的事。當然了，還沒退役前我也得射殺動物，主要是老虎，但那是在印度，是很久以前的事了。老虎是很漂亮又優雅的動物，射死牠們實在可惜，後來我就不碰了。我要說的是，那種會寫匿名信的傢伙，對他們開槍我也不會良心不安，完全不會。這件事你跟艾德說了嗎？」

我說沒有。上將的眼睛一亮，目露凶光。他堅持要我拿那封匿名信給他看，還要我帶他看遭人破壞的花圃，同時問了我很多問題。

「對方是一大早溜進來的吧？」他說，威嚴十足地打量四周，最後視線停在一棵蘋果樹上，然後對我使了個狠戾的眼神。

「剛剛好，對吧？舒舒服服坐在那裡等著，抱著小毯子、熱水瓶，還有槍。人一出來就把他逮個正著。全都交給我。」

過一會兒我才想通他的意思是要抱著步槍坐在樹上，逮到機會就往那個寫匿名信的人開一槍。

「該死，不行，你不能這麼做，這樣說不定會要了他的命。」

上將聽起來很受傷。「好哥兒們，」他說，「我怎麼可能讓你惹上麻煩，不過就是嚇嚇他罷了。那種傢伙都是孬種。膽小鬼。跟你打賭，這樣一來就能擺脫他，省得你操心，也不用把警察攪和進來。」

我不得不強硬地拒絕了他的建議。離開前，他告訴我：「也許你說的對。說不定對方是個女人，我可不想對女人開槍——再說女人那麼多，難保不會打錯人，尤其是只看側面。總之，卡恩斯，打起精神。認眞想來，你需要的是一個女人，不是長舌婦，而是一個通情達理的好女人，能夠照顧你，也讓你覺得你在照顧她。有人可以跟你吵架。你們這些獨居的人都喜歡想像自己誰都不需要，一天到晚神經兮兮。人啊，要是沒人可以吵架，就會開始跟自己吵架，最後的下場？自殺或瘋人院。兩個方便的出口，但還是不夠好。良知讓我們都變成了懦夫[10]。希望你不要爲了那孩子的死自責。沒必要那麼想，好傢伙。唉。總之，多想無益。孤單的男人很容易變成惡魔下手的目標。找一天來看我吧。今年覆盆子大豐收，昨天我大吃了一頓。改天見。」

老傢伙有夠機靈。那些莫名其妙、囉哩叭唆的軍官訓話都是胡說八道。他大概是把它當作一種偽裝，用來嚇唬或攻擊腦袋沒那麼靈光的同事，或者只是一種自我防衛。「開始跟自己吵架」是嗎?至少目前還沒有。現在我有另一個架要吵,也有比獵老虎或逮到寫匿名信的人更重要的事要做。

10 出自莎士比亞的《哈姆雷特》。

七月五日

今天早上又來了一封匿名信。眞討厭。我不能在我最需要集中精神的正事上，因爲這個人而分散心思，但又不願意把這件事交給警方處理。我總覺得只要知道對方是誰，就不用再擔心這些愚蠢的小事。今天晚上要早點睡，把鬧鐘設四點，這樣應該夠早了。然後開車去坎伯村，搭早班車去倫敦。我已經跟出版社的霍特約好一起午餐。

七月六日

今天早上沒逮到人，那個匿名惡作劇的人沒露面，不過倫敦行還不錯。我告訴霍特，我想把最新偵探小說的背景設在製片廠。他介紹了我一個名叫凱拉漢的傢伙，英國王室電影公司的工作人員，也就是莉娜・羅森隸屬的公司。霍特取笑了我的鬍子兩句，因爲目前正處於尷尬階段，只有一片灰溜溜的鬍碴。我模稜兩可地說是爲了隱藏身分，因爲要以菲利斯・蘭恩的身分到片場考察，說不定還要在那裡待上好一會兒收集資料，所以不想被人認出我是法蘭克・卡恩斯。畢竟我在那裡可能碰見牛津或公職時期的舊識。霍特不疑有他，用有點擔心的業主眼神看著我，就是出版商看自家的成名作家的那種眼神——彷彿我是一頭喜怒無常的馬戲團動物，隨時可能鬧脾氣或逃離馬戲團。

現在我要去睡一會兒。鬧鐘還是定四點。不知道這次網子會捕到什麼。

七月八日

昨天撲了個空，但今天早上那隻討厭的蒼蠅終於現身。好一隻蒼蠅——灰撲撲，慢吞吞，像冬眠的動物。啊，我斷斷續續猜過會是誰寫了那些匿名信。寫那種信的人通常不是低能的文盲（這個顯然不是），就是社會賢達（有不為人知怪癖的「正派人士」）。我懷疑過牧師、校長、郵政女局長，甚至彼得斯和史里文漢上將。懷疑最不可能的人，這就是偵探小說家的思考模式。果然不出我所料，凶手就在眼前，只是我視而不見。

今天早上四點半過沒多久，花園柵門的門閂就輕喀一聲。我在微弱昏暗的光線下看見一個人影步上小徑。一開始慢慢的，猶豫不決，好像正在鼓起勇氣或害怕被發現，之後突然昂首闊步小跑起來，像小貓抓著老鼠的神氣步伐。

現在我看到了。對方是個女人，而且樣子很像是提格太太。

我快步下樓。因為前門沒鎖，信封一掉進信箱我就拉開門。結果不是提格太太，是安得森太太。我早就該猜到的。那天她在街上躲著我、她孤孤單單的守寡生活、她無處發揮而傾倒在馬丁身上的母性本能，處處都是線索。但她是一個那麼安靜、無害又不起眼的老太太，我從沒想過是她。

那場面很難看。我恐怕說了些傷人的話。她害我睡眠不足，所以大概預期得到我會發一頓脾氣。但她那些信的殺傷力看來比我以爲的更強。我心寒又氣憤，狠狠回捅她一刀。她給人一種邋裡邋遢、教人喘不過氣的感覺，就像一夜奔波之後坐上一個全是女人的車廂，讓人渾身反感，滿肚子火。她不發一語，杵在原地眨著眼睛，彷彿剛從不得安寧的睡夢中醒來。過了一會兒她哭出來，流下幾滴絕望的淚水。你知道什麼事會讓一個人心裡的惡霸掙脫而出？爲了壓抑心中的憤恨不滿和自我厭惡而日積月累的無情冷酷。我毫不留情，也並不以此爲傲。最後她一句話也沒說就轉身夾著尾巴逃跑。我衝著她喊：要是之後再發生什麼事，我就會去舉報她。當時我一定徹底失控了。糟糕至極的表現。但誰叫她這樣寫我跟馬丁的事。天啊，我好想死。

七月九日

明天我要打包行李離開這裡。法蘭克・卡恩斯將會從此消失，而菲利斯・蘭恩將會搬進我在麥達維爾租的公寓。沒有東西會把兩邊連在一起（我希望），除了馬丁的獨眼泰迪熊。我要把它帶走，當作一個溫柔的提醒。所有一切我都安排好了：錢，還有新住處的地址，好讓提格太太把我的信轉到那裡。我告訴她我可能會在倫敦待上一陣子，不然就是去旅行。我不在時她會看顧這間小屋。我不知道自己還會不會回來。應該要賣掉這間房子才對，但不知道為什麼我就是不想，這畢竟是馬丁曾經開心生活過的地方。但事成之後我該怎麼做？殺人任務完成後，凶手會怎麼辦？重新開始寫偵探小說嗎？感覺很反高潮。唉，一天的難處就夠了。[11]

我覺得事到如今一切已經超出我的掌控範圍。像我這樣三心二意又敏感的人，這是唯一可能的出路：想辦法讓所有狀況逼得你不得不行動。「破釜沉舟」或「孤注一擲」這些成語背後一定有幾分道理。我想像凱撒也很神經質，跟哈姆雷特半斤八兩，偉大的行動家多半都是，看看阿拉伯的勞倫斯就知道。

我只是不願意去想像「莉娜—喬治」這條線索到頭來可能變成死路，受不了又得全部從頭開始。現在還有很多事等著我去做。我得爲自己打造好菲利斯・蘭恩這個角色——他的父母、人格特徵、個人生平。我一定要成為菲利斯・蘭恩，不然莉娜或喬治就可能起疑。等到菲利斯・蘭恩這個角色深植我心之後，我的鬍子也長得差不多了，之後我就會走訪英國王室電影公司。在那之前我不會再寫日記。我已經想到接近莉娜的適當方式。不知道她會不會喜歡我的鬍子，赫胥黎[12]筆下的一個角色大推鬍子的催情功效，我倒要看看此言是眞是假。

11 出自《馬太福音》第六章第三十四節。全文為：不要為明天憂慮，因為明天自有明天的憂慮，一天的難處一天當就夠了。

12 英國作家，代表作為《美麗新世界》。

七月二十日

漫長的一天！今天第一次走進片場。我寧願在地獄甚至精神病院工作，也不要來片場。蒸騰的熱氣、亂烘烘的環境、驚人的人工造景，一切都像個平面的惡夢，裡頭的人也沒有比布景牢靠、眞實。此外，還會一直絆到東西，不是電線就是某個臨時演員的腳，他們整天坐在片場玩手指沒事幹，像但丁描寫的靈薄獄裡的可憐人。

但我最好還是從頭說起。來接待我的人是凱拉漢，就是霍特介紹給我的那個人。他皮膚很白，身材瘦削，臉色幾乎有點憔悴，眼中散發著一抹出奇狂熱的光芒，戴著角框眼鏡，身穿灰色高領針織衫，背著法蘭絨袋子，全身上下都又髒又亂，繃得很緊，符合諷刺漫畫呈現的電影工作者的刻板形象。看得出來他很能幹，連黃到發亮的手指也是（他都自己捲菸，還沒抽完一根就開始捲下一根。我第一次看到那樣一刻也靜不下來的手）。

「老哥，」他說，「有特別想看什麼嗎？還是要整個垃圾場逛一圈？」

我表示想逛一圈，只怪當時太無知，結果花了好多個小時，感覺沒完沒了。凱拉漢滔滔不絕拋出一堆專業術語，最後我的腦袋就像放在郵局的吸墨紙，一團模糊。只希望我的鬍子遮擋得住我的茫然不解。我死的時候他們會發現我的心上寫著「攝影角度」和「蒙太奇」（管它是什麼）這幾個詞。凱拉漢確實介紹得很透徹。我不斷絆到電線，被弧光燈刺得張不開眼睛，被東奔西跑的工人撞到，過了半小時，一開始僅有的一點吸收能力也被磨光。還有，這地方的用語會讓駁船船夫或士官長都顯得文雅客氣。我一直在尋找莉娜·羅森的身影，覺得要在閒談中若無其事提起她的名字愈來愈難。

幸好，停下來吃午餐時凱拉漢給了我一個機會。我們聊到偵探小說和把一流偵探小說改編成電影的困難。他讀過兩本我的小說，但對作者完全不好奇。我本來預期會遇到幾個難以回答的問題，沒想到凱拉漢只對寫作技巧有興趣。霍特當然跟他提過我正在爲新的驚悚小說尋找背景、構思細節。過了一會兒他問我怎麼會剛好挑中英國王室電影公司作爲考察對象。機會來了！我馬上接口說我最近看《女傭的膝蓋》這部片就是他們的作品。

「哦，那部片啊，」他說。「我以爲你會跟拍出那種爛片的公司保持距離。」

「你的團隊精神到哪去了？」我說。

「得了……性感內衣和股票經紀人的幽默？那甚至不是一部讓人看得下去的片。」

「那個女孩……叫什麼來著？羅森。她還不錯，我覺得，挺有活力的。」

「哦，衛柏格正在捧她，」凱拉漢沉著臉說，「從大腿往上，你知道，一直往上再往上。她啊，當內衣掛鉤是還不錯；自以為是性感女神哈露再世，那是當然的，她們都這麼想。」

「很情緒化？」

「不是，只是笨。」

「我看那些電影明星都動不動就耍脾氣。」我不著痕跡地拋下誘餌（我眞佩服我自己）。

「就是說啊！沒錯，那個羅森以前很愛耍大牌，最近收斂多了，變得客氣又配合。」

「怎麼會？」

「誰知道，也許是愛神來了。她有次情緒崩潰……什麼時候的事……一月吧，害我們正在拍的片延了將近兩星期。老兄，相信我，如果女主角老是躲在角落獨自哭泣，眞的會一個頭兩個大。」

「有這麼糟？」我說，語氣盡可能正常。一月。情緒崩潰。又一項間接證據！凱拉漢盯著我瞧，眼中的炙熱光芒讓他看似準備要批判眾生的小先知，但實際上只是（我猜想）他慣用的戲劇張力，百分之百的效率狂。

他說：「我想是。把大家搞得緊張兮兮，最後衛柏格叫她休息一個禮拜。現在當然好了。」

「她今天在嗎？」

「不在，去拍外景了。怎麼，對她有意思嗎？」凱拉漢對我使了個你知我知的眼色。我告訴他我的動機很單純，只是要研究典型的電影女星，爲新的驚悚小說做點功課，再加上我想寫一部可以改編成電影（希區考克那一類的電影）的小說，而莉娜·羅森或許是適合的女主角人選。我不知道凱拉漢相信幾分。他看我的眼神有些懷疑，但他不論認爲我的動機是出於專業或好色都無妨。明天我會再來片場，到時他就會介紹我們認識。我緊張得不得了，畢竟過去我從沒接觸過她那類人。

七月二十一日

呼，終於結束了。這眞是一件苦差事！一開始我不知道該跟那女孩說些什麼，不過也沒那個必要。她敷衍地對我伸出手，不帶喜惡地看看我的鬍子，像在保留意見，接著馬上開始跟我和凱拉漢滔滔數落起一個名叫普拉塔諾夫的人。「那個惡魔，普拉塔諾夫！」她說。「你知道嗎，親愛的，昨天晚上他打了四通電話給我，你要一個女孩子怎麼辦。有人喜歡我，我當然不介意，可是如果被跟蹤再加上電話騷擾……我跟衛柏格說我快被逼瘋了。那傢伙根本是惡魔的化身，親愛的我告訴你，他今天早上竟然好大膽子跑來車站堵我，幸好我跟他說火車九點十分開，其實早五分鐘就開了，所以我看見他在月台上追火車，像剪刀手一樣突然發了瘋地狂奔。親愛的你知道他看起來像什麼？一個不折不扣的惡夢。那也不表示我跟他有話可說是吧？」

「那還用說。」凱拉漢哄著她。

「我一直跟衛柏格說，他應該打電話到大使館叫人把那傢伙驅逐出境。這個國家不夠大，容不下我們兩個人，不是他走就是我走。但那些猶太人當然都是一國的，我必須說這裡需要一點希特勒，雖然說我寧願禁止橡皮棍和絕育手術。唉，就像我剛說的……」

她又滔滔不絕說了一會兒。有趣的是她竟然以爲我懂所有事的來龍去脈。我根本不知道（或許永遠也不會知道）那個惡魔普拉塔諾夫是個逼良爲娼的人口販子，還是星探、格別烏的間諜，或只是她的瘋狂愛慕者。這一切都跟這個超級不眞實的世界不謀而合——沒人知道電影在哪裡停止，眞實生活從哪裡開始。不過，莉娜的獨白讓我有機會好好打量她。她確實頗具魅力、俗氣又活潑。如果她現在如凱拉漢說的變得「客氣又配合」，那麼以前她想必很難伺候。我很驚訝她本人跟片中的寶莉這麼像，但若非如此，路邊水窪旁的那個人也不會認出她。鼻子上翹，闊嘴，藍眼，濃密的淡金色頭髮高高頂在額頭上，像波浪又像王冠。除了嘴巴，五官堪稱細緻，跟她輕佻的表情形成奇怪對比。但這些形容都毫無用處。我從沒看過書上對外貌特徵的描寫，能讓人腦中浮現清晰的圖像。看著她，你絕不會覺得她有什麼心事。也許眞的沒有——不，我拒絕承認這個可能。

她說話時我一直盯著她瞧，心想：這就是看見馬丁最後一眼的二人之一。對她我沒有厭惡或恨意，只有一股想知道更多、知道一切的強烈好奇和不耐。過了一會兒她轉向我說：

「你得跟我說說你自己，汎恩先生。」

「是蘭恩。」凱拉漢糾正她。

「你是作家對吧？我很愛作家。你認識休．沃波爾[13]嗎？我認爲他是個很不錯的作家。但當然了，比起他，你更像我心目中想像的作家。」

「說認識也對，說不認識也對。」我說，這樣正面交鋒讓我不知所措。我的視線無法離開她的嘴巴。只要有人開口說話，她就會急著張開嘴巴，好像要猜出對方想說什麼，這種怪癖有幾分迷人之處。我實在無法想像凱拉漢說她「笨」是什麼意思。輕浮確實毫無疑問，但肯定不笨。

我掙扎片刻，想直接切入重點，這時正好有人大喊她的名字，她得回攝影棚去了。我慌了，眼看機會就要從手中溜走，絕望之下我鼓起勇氣問她改天願不願意跟我吃個午飯，同時大膽推測她的喜好，問她約常春藤如何？此話一出，有如魔咒。不是有「小羔羊吃常春藤」這個謎語嗎？她第一次正眼看我，彷彿我總算是她眼前眞實的存在，而不是她那奇妙的小小自我延伸了。她說好，樂意之至，就禮拜六如何？所以就這麼說定了。凱拉漢用曖昧的眼神瞄我一眼，我們就解散了。就這樣破了冰，雖然對莉娜來說這麼形容恐怕並不正確，但老天啊，我要怎麼更進一步？怎麼把話題引向汽車和過失殺人？答案很明顯。

13　一九二、三〇年代備受歡迎的英國小說家。

七月二十四日

無論你怎麼說，這起謀殺案都會是一項沉重的花費。除了娛樂莉娜要花費的心力和耗損的羞恥心之外，也有實際的帳單。這女孩的食慾好得驚人，看來一月那場意外沒有影響她的胃口太久。我當然也得存點錢買子彈或毒藥（或兩個都買）。我無意用這麼粗糙又危險的方式對付喬治，但我感覺得到，通往喬治的路上鋪滿了五英鎊鈔票。

仁慈但無疑心思敏銳的讀者，你發現我今天心情雀躍是吧？沒錯，你猜對了。我相信我愈來愈接近目標了。我相信我漸漸在往正確的方向移動。

今天她穿著一襲高雅的洋裝來常春藤赴約，黑底加少許白色點綴，還戴上小巧可愛的眼紗，既可方便享用美食又能吸收愛慕的目光。我想我對她獻足了殷勤。不，坦白說，對她獻殷勤於我毫無困難，因爲她確實有股獨特的魅力，只要我不放下戒心，這對我邊辦正事邊自娛想必很有利。她指了在那裡用餐的兩個女明星給我看，問我不覺得她們美若天仙嗎？我說是還不錯，同時用眼神暗示她們都比不上她。接著換我指了一個暢銷小說家給她看，她說她敢說我寫的書一定遠比他的更好。所以我們就扯平了，一切都進行得很順利。

過了一會兒，我不知不覺毫無保留對她說起我的事——也就是菲利斯的事。我過去的掙扎、旅行過的地方、繼承的遺產，還有寫書帶來的豐厚收入（這段英雄事蹟是很重要的一部分）。讓她知道我有多少存款也無妨；我的鬍子做不到的事，可以讓鈔票去完成。我當然盡量讓故事貼近真實生活經驗。沒必要胡編瞎掰。我愈說愈起勁——孤獨之人終於有了聽眾，挺美妙的感覺，也就不急著切入正題，但中間突然冒出一個機會，我趕緊抓住。她問我是不是在倫敦住了很久。我說：「對，但都來來去去。我發現在這裡比較容易工作，不過我其實更喜歡鄉下，我想是因爲我原本就是個鄉下人。我在格洛斯特郡出生的。」

「格洛斯特郡？」她說，聲音細小如耳語。「哦，是。」

我看著她的手，那比臉洩露更多訊息，尤其對方是女演員的話。我看見她右手的指甲（塗成紅色）咬進掌心裡。不只如此。重點是，當下她格外沉默。「意外」過後不久，無疑有人在我們村落附近看見她，而喬治很有可能就住在格洛斯特郡。懂了嗎？如果她內心坦然，自然的反應應該是：「哦，格洛斯特的哪裡？我有個朋友就住在那裡。」當然也有可能她只是想隱瞞她跟喬治的姦情，但我很懷疑。這年頭的女生不太會爲了這種事內疚徬徨。除了車禍發生時她也在車上，還有什麼事會讓她一聽到「格洛斯特郡」幾個字就噤聲不語？

「對，」我接著說。「賽倫塞斯特附近的一個小村子。我很想回去那裡，但一直還抽不了身。」

我不敢貿然提起村子的名子，怕把她給嚇跑。我看見她鼻孔一縮，一瞬間出現緊張又畏縮的神情，於是我趕緊換話題。

她馬上滔滔不絕，聊得比之前更起勁。放下戒心會讓一個人打開話匣子。那一刻她的自我暴露讓我反常地覺得感激，對她更親熱，也更想取悅她。我作夢也想不到有天我會跟電影女星有說有笑、眉來眼去。我們兩人都喝了不少，不一會兒她問我叫什麼名字。

「菲利斯。」我說。

「菲利斯？」她對我吐吐舌頭，應該可以用「調皮」來形容。「那我要叫你『小貓咪』[14]。」

「妳最好不要，不然我會拒絕跟妳往來。」

「這麼說來你確實想再見到我？」

「相信我，我不想很長時間都看不到妳。」我說。這種「悲劇反諷」[15]漸漸多到令人驚心，我不應該養成這個習慣。類似的玩笑多不勝數，我就不寫下來讓自己難堪了。我們約好下週四一起吃晚餐。

14 卡通菲力貓的英文就叫Felix the Cat。

15 原指希臘悲劇中的戲劇性反諷，觀眾藉由全知觀點得知角色說的話另有所指，暗藏危險。

七月二十七日

莉娜沒有外表看起來那麼笨——或者沒有一般人對她這種長相的女生以爲的那麼笨。今天晚上她讓我的心臟差點跳出來。看完戲之後，我送她回她住的公寓，她邀我進去喝一杯。她站在壁爐旁，一臉若有所思，突然間轉向我，直截了當地問：

「這一切是爲了什麼？」

「什麼？」

「對。帶我到處去花錢。你在打什麼主意？」

我支支吾吾說了我想寫一本書，正在收集資料，還有書改編成電影的可能。

「哦，所以你什麼時候要開始？」

「開始？」

「你聽到我說的了。你知道嗎，你從來沒提過那本書的事。總之，我扮演什麼角色？難不成要我當你的書僮？除非親眼看到，我才不相信有什麼書。」

那一刻我整個人呆掉，心想她一定猜到了我的詭計。看著她的臉，我總覺得看到了疑似不安、懷疑和恐懼的眼神。後來我又懷疑自己看錯了。無論如何，我想是因爲一時慌亂失措我才會說：

「好吧，不只是書，其實跟書沒關係。第一次在那部電影裡看到妳，我就想得到妳。妳是我看過最美的女孩，我從沒見過……」

我的驚恐語氣一定讓我聽起來就像個狼狽又膽怯的戀人。她抬起頭，鼻孔張大，表情有些改變。

「我懂了，」她說，「我懂了……那麼？」

她的肩膀垂向我，我吻了她。我應該覺得自己像叛徒猶大嗎？總之我沒有。爲什麼要？這不過就是一場交易，互相利用，各取所需。我想接近喬治，莉娜想要我的錢。現在我懂了，剛剛她之所以逼問我寫的書，不過是在演戲，目的是要讓羞怯的愛慕者大膽向她告白。她一定一直都覺得書只是我用來追求她的藉口。她錯就錯在誤會我找藉口的目的爲何。沒想到因禍得福，跟她做愛就像我的復仇之路的開胃菜。

過一會兒她說：「我想你得要把你的鬍子剃掉，小貓咪。我不習慣鬍子。」

「妳會習慣的。我不能剃掉鬍子，那是我的僞裝。其實我是個殺人犯，正在躲避警察的追捕。」

她笑得花枝亂顫。

「你眞會騙人！你連隻蒼蠅都殺不了，親愛的小貓咪。」

「妳要是再那樣叫我，就會知道我殺不殺得了一隻蒼蠅。」

「小貓咪！」

後來她又說：「我會愛上你也眞奇怪。你又不是維斯穆勒[16]，你說對吧，我親愛的？一定是有時候你看我的那種怪眼神，就好像我不在那裡或是透明的一樣。」

這女人自己就是個透明的僞君子！但這樣很好。我們這對「佳偶」應該可以打敗所有對手，拿下僞君子寶座。

16 美國影星，以飾演泰山聞名。

七月二十九日

昨天晚上她到我住的公寓吃晚飯。發生了一件很不愉快的事，幸好最後有驚無險。而且要不是我們吵起來，她大概也不會跟我說喬治的事。但這也提醒我不可大意，這場遊戲我禁不起一點失誤。

事發當時我背對著她，正在櫥櫃裡找酒。她在屋裡走來走去，連珠砲似地說著她的獨白。

「於是衛柏格開始對我破口大罵：『妳以為自己是什麼？女演員還是絨毛鰻魚？我付妳錢，難道是要妳來這裡像愛丁堡棒棒糖一樣晃來晃去？妳是怎麼搞的？戀愛了還怎樣，笨死了。』我說就算是，也不是跟你這個臭老頭，所以沒必要發那麼大的脾氣。我說小貓咪，你給自己找了間很可愛的房子，可不是嗎？哦，你看！這不是泰迪熊嗎！」

我嚇到跳起來，但太遲了，她抓著馬丁的泰迪熊走出我的臥房。我把它放在壁爐架上，忘了收起來。不知道為什麼，當下我完全失去了理智。

「給我。」我伸手去搶。

「淘氣鬼！幹嘛搶啊！所以小菲利斯喜歡娃娃。哇，眞是活到老學到老。」她對泰迪熊做了鬼臉。「所以這是我的情敵！」

「別耍笨了。放回去！」

「哦哦哦，有人被發現還在玩玩具，所以羞羞臉嗎？」

「事實上，那隻熊是我外甥的。他死了，以前我很疼他。現在妳可以還……」

「哦，原來如此。」她臉色一變，我看見她的胸口上下起伏。她看起來像個任性的孩子，卻又無比迷人。我以爲她會把我的臉抓花。「原來如此。我不夠格碰你外甥的泰迪熊是吧？覺得我會玷污它是吧？我讓你覺得丟臉是嗎？好，該死的東西，你要就還給你！」

她把泰迪熊狠狠丟在我腳邊的地板上。我火冒三丈，一氣之下重重打了她一巴掌。她撲向我，我們扭打成一團。她不計形象大吵大鬧，像困在陷阱裡的動物，衣服都被扯得露出肩膀。我氣到沒空對這個非比尋常的場景感到反感。過了一會兒，她身體軟掉，呻吟著說「哦，你快把我弄死了」，我們兩人開始親對方。她激動到滿臉通紅，但我還是看得到我的手在她臉上留下的紅印子。

之後她說：「但是你眞的覺得我很丟臉，對吧？你認爲我是個低俗又火爆的女人。」

「總之，妳在吵吵鬧鬧的地方還挺自在的。」

「不，我要你認眞告訴我，你不會介紹我給你的家人認識對吧？老人家不會認同的，我知道。」

「我沒有老人家了。話說回來，妳也不會介紹我認識妳的家人。何必呢？我們現在這樣開心多了。」

「你這人還眞是小心翼翼！我猜你八成以爲我要引誘你說到結婚這件事上。」她突然眼神一亮。「這可有趣了，我倒要看看喬治聽到會——」

「喬治？誰是喬治？」

「別緊張。沒必要那麼激動，吃什麼醋！喬治只不過是……他是我姊夫。」

「那又怎樣？」（你看我這不是一回生二回熟了。）

「沒事。」

「繼續說。喬治是妳什麼人？」

「你**眞的**在吃醋。嫉妒到兩眼發綠的小貓咪。如果你一定要知道的話，喬治曾經招惹過我，我——」

「曾經？」

「對。我跟他說，我並不自認爲是破壞別人家庭的女人，雖然我必須說費歐拉是自找的。」

「妳最近沒再見他了嗎？他讓妳煩心嗎？」

「沒有，」她說，聲音奇怪、僵硬又不自然。「我有一陣子沒見到他了。」我感覺到她的身體變得僵硬，之後又放鬆下來，縱聲大笑，有點失控。「管他的。這會讓喬治知道他不是……要不這週末去一趟怎麼樣？」

「去哪裡？」

「塞文橋，他們住的地方，就在格洛斯特郡。」

「可是，我親愛的姑娘，我不能——」

「你當然可以，他又不會吃了你。他是個堂堂正正的已婚男人，或者說，大家認爲是。」

「可是爲什麼要？」

她嚴肅地注視著我。「菲利斯，你愛我嗎？行了，用不著露出那麼害怕的表情，我又沒有要吊死你。你喜歡我的程度，有沒有到可以爲我做一件事而不用問一大堆問題？」

「那還用說。」

「那麼，我有想要回去那裡的理由，而且希望有人能陪我一起去。我想要你陪著我。」

她的語氣有點嚴酷又猶豫。我懷疑她是不是差一點就要告訴我關於喬治的一切，還有想必糾纏她已久的那場車禍。但我還沒有把握能說服她全盤托出，而且即使以我目前的標準來看，這麼做也有點太卑鄙。說眞的也沒多大必要。我總覺得她說的話後面有股坦承一切的決心，但不是跟喬治的事，而是這幾個月來她一直在躲避的那件可怕的事。這本日記的一開頭我不是說過凶手有股回到犯罪現場的衝動？撞死馬丁的不是她，但當時她人在現場，她知道凶手是誰。她有股想要爲那個縈繞不去的致命時刻驅邪的渴望，而她希望我幫她。我！天啊，這對命運來說眞是天大的諷刺！

我說：「好吧，禮拜六我開車載妳去。」我盡量說得漫不經心。「喬治是幹嘛的？做什麼的？」我問。

「他有家修車廠，跟人合夥的，瑞特利和卡飛斯。瑞特利是他的姓。他這個人滿……你願意去眞是太好了。我不確定你會不會喜歡他，他完全不是你欣賞的那種類型。」

修車廠。她不知道我會不會喜歡他。喬治・瑞特利。

七月三十一日

塞文橋。今天下午我開車載莉娜過去。在這之前我就把舊車換成了新車，因爲不想開著格洛斯特郡牌照的車出現。所以現在我來到了敵人的陣營，準備跟他一較高下。我不認爲我會有被認出的危險，一來我住的村子和塞文橋分屬這個郡的兩端，二來鬍子也讓我整個人改頭換面。困難的是要在瑞特利家找到一個穩固的立足點，然後好好守住。莉娜還在瑞特利家，而我則待在釣手旅館，因爲目前我仍然只是好心開車載她一程的「好朋友」，她認爲慢慢把我介紹給瑞特利一家比較好。她說她沒寫信告訴大家她要來，所以我就把她和她的行李留在房子外面。她是怕喬治會拒絕招待她嗎？很有可能。他也許會很緊張，因爲兩人之間的祕密，擔心她再看到他又會想起那件事，然後歇斯底里起來。

卸下行李後，我問旅館服務生這附近效率最高的修車廠是哪一間。「瑞特利和卡飛斯。」他說。「河岸附近那家嗎？」我問。「是，先生，背對河岸，就在橋的這一邊，往大街走。」對於喬治．瑞特利，我又有了兩個發現。我推測他的修車廠想必效率一流，不然就不會剛好有庫存新零件能換掉車禍撞壞的部分。另外，修車廠背對河岸，撞壞的零件就是丟棄在那裡。我早就猜到他會把東西藏在類似的地方……

這個時候莉娜打電話來，說他們要我過去一起吃晚餐。我驚慌失措，方寸大亂。如果只是因爲終於要見到他我就緊張成這樣，等到要動手殺了他的那一天，我又會有什麼反應？或許會跟修女一樣平靜也不一定。熟悉你要殺的人應該會讓你一天比一天鄙視他。我要用深惡痛絕的眼睛好好觀察喬治．瑞特利，但要慢慢來，在他受死之前餵飽我內心的仇恨和輕蔑，像寄生在宿主身上的寄生蟲靠他維生。希望晚餐時莉娜不要對我太親熱。行動開始了。

八月一日

一個討厭鬼，事實上是讓人討厭到極點，我很慶幸。我到現在才發現，其實我很害怕喬治會是個令人同情的角色，但這下沒問題了，他不是那種人。我就算捻熄他的生命之光也不會良心不安。

一走進門，他半句話都還沒說，我就知道了。他站在壁爐旁抽菸，菸夾在拇指和食指之間，手肘提起，上臂呈水平線，一副惹人厭的自大姿態，就是要所有人都知道這個家由他當家作主的姿態。他像隻站在堆肥頂端耀武揚威的小公雞，用目中無人的眼神打量我一、兩眼才走上前。

首先介紹我認識他太太和他母親，然後遞給我一杯出奇難喝的雞尾酒，之後他又繼續我進來之前的話題。典型的肌肉發達、頭腦簡單、天生不懂禮貌之人會有的表現。然而，這給了我觀察他的機會。我打量著他，就像劊子手打量著死刑犯，看繩子要放到什麼程度才能必死無疑。他不會需要太長，他身材壯碩，塊頭很大，從背後看頭尖尖的，額頭窄窄的，留著假冒騎兵的小鬍子，但沒有成功藏住他傲慢、黑人般的嘴唇。我猜他應該四十五、六歲。

整體看起來就像諷刺漫畫。我敢說有些女人會覺得他很英挺俊俏（例如他老婆），不可否認我的眼光帶有偏見，不過他給人一種粗魯蠻橫的感覺，敏感的人看了都會倒胃口。

自說自話結束後，他動作誇張地看看錶。

「又遲了。」他說。

沒人表示意見。

「費，妳跟傭人說過了嗎？晚餐一天比一天晚。」

「說了，親愛的。」他太太說。費歐拉是無精打采、垂頭喪氣、可憐兮兮急著討好丈夫版本的莉娜。

「哼，」喬治說。「看來他們沒把妳的話當一回事，那麼我大概就得親自出馬了。」

「請別這麼做，親愛的，」他太太緊張不安地說。她臉都紅了，怯怯地笑。「我們不希望他們去申訴。」她跟我目光交會，再度困窘地紅了臉。

這當然是她自找的。喬治是身旁的人愈是順著他就愈囂張的那種人。他實在是生錯了時代。他這種冷血動物在猿人時代是自然而然的結果（在伊莉莎白時代也是，他應該會是個厲害的船長或奴隸主）。但在這種特質無處發揮（除了零星的戰爭）的文明社會，他那點權力也只能用在欺負自家人上，而且還會因爲疏於練習而退步。

多奇妙啊，仇恨讓人眼光變得銳利。我覺得自己對喬治的了解已經超過我認識多年的人。我客氣有禮地注視著他，心裡想著，這就是害死馬丁、開車把他撞飛、讓他一命嗚呼的男人。這人葬送了一個比一打他那種人還有價值的生命，而且是我在世上唯一還能愛的人。不要緊，馬丁，那人的死期近了。就快到了。

晚餐時我坐在費歐拉．瑞特利旁邊，莉娜坐我對面，瑞特利老夫人坐我左邊。我發現喬治的目光不斷在我和莉娜身上轉來轉去，試圖要釐清目前的局面。我不會說他是在吃味，他太過驕傲自大，想像不到一個女人會喜歡別人勝過他。但他顯然想不通莉娜跟菲利斯．蘭恩這種怪人湊在一起幹嘛。他用一種輕佻隨便、略帶占有慾的方式對待她，好像自己是個大哥哥。那晚莉娜在我的公寓裡曾說：「喬治曾經招惹過我。」我很好奇那會不會只說出一半事實？他對她那種輕佻隨便的態度暗示兩人之間關係匪淺。

他有一度說：「所以莉娜，妳也喜歡上了貴賓髫？」他靠上前撥弄她後腦杓的鬈髮，用挑釁的眼神瞥著我說：「小姐們都是流行時尚的奴隸，你說是吧，蘭恩？要是巴黎哪個娘娘腔跟她們說禿頭正夯，信不信她們也會立刻把頭髮剃光？」

坐我旁邊的瑞特利老夫人身上隱隱有股樟腦丸味。她不以為然地說：

「我年輕的時候，頭髮是女人最引以為傲的部分。幸好『男生頭』那種亂七八糟的髮型已經過時了。」

「媽，妳要替年輕一代講話嗎？這世界是怎麼了？」喬治說。

「年輕一代可以自己替自己說話，我想……至少有些是。」瑞特利老夫人直盯著前方，但我總覺得她最後那句話是說給費歐拉聽的。此外，她認為喬治娶了社會階層較低的女人——確實也沒錯。她對待費歐拉和莉娜的態度，就像個紆尊降貴的貴婦。不是個好惹的老太太。

晚餐後女人家（喬治無疑會這麼稱呼）退下，讓我跟他喝杯波特酒。他顯然不太自在，不知道要怎麼看待我這個人。

他用了常用的一招。「聽說過約克郡女人和風琴手的事嗎？」他問，狼狽為奸似地把椅子拉近。那一類的奇聞軼事多不勝數。我禮貌聽完，捧場地哈哈大笑。用這種老大哥似的滑頭方式破冰之後，他開始盤問我的背景。如今我對菲利斯·蘭恩的「生平事蹟」已經滾瓜爛熟，所以回答得毫不吃力。

「莉娜跟我說你在寫書？」他說。

「對，偵探小說。」

他似乎有點鬆了口氣。「哦，驚悚小說啊，那不一樣。不瞞你說，當初莉娜說要帶個作家過來時，我還有點擔心。以為你是布魯姆斯伯里文化圈那種高級知識分子。對那些人沒什麼好感。賺不少嗎？我說你的寫作事業？」

「還不錯，我自己當然也有點積蓄。但每本書我想賺個三到五百英鎊跑不掉。」

「好小子！」他看我的眼神幾乎帶著敬意。「暢銷書作家是吧？」

「不敢，只是個小有名氣的寫字工。」

他迴避我的眼神，先喝了一大口酒再用有點假的不經意語氣問：「認識莉娜很久了嗎？」

「沒有，一、兩個禮拜而已。我想寫些可以拍成電影的東西。」

「好女孩。活力充沛。」

「是啊，很吸引人。」我幾乎是不假思索地說。喬治滿臉震驚和難以置信，好像胸前突然冒出一條毒蛇。看來下流八卦是一回事，身邊「女人家」的風流韻事又是另一回事。他硬邦邦地說，我們應該加入小姐們的行列了。

只能寫到這裡了。要跟我的目標和他家人一起開車出去。

八月二日

昨天下午我們一行人（莉娜、喬治，我，還有他兒子菲爾，十二歲左右的小男孩）走出大門時，我敢發誓莉娜有一瞬間嚇得愣在原地。我一次又一次在腦中重播那一幕，想把它看個清楚。一切發生得太快，當下我根本沒時間想通背後的涵義。表面上似乎沒什麼。我們走出門，下台階，置身在陽光下。莉娜停住腳步片刻，問：「同一部車？」在她身後不遠的喬治答：「什麼意思？」他聲音裡隱隱的恐懼和威脅只是我的想像嗎？莉娜有點困惑（我覺得）地回答：「你還是開同一部老車？」「同一部？妳要搞清楚，這台車甚至還開不到一萬！妳以爲我誰啊，大富翁嗎？」

這整件事也可以有完全無關緊要的解釋，這就是問題所在。我們坐上車，喬治和莉娜坐前座，我跟菲爾坐後座。菲爾砰一聲甩上車門，喬治馬上扭身怒斥他：「我要跟你說幾次，沒必要大力甩車門。你就不能輕輕關上門嗎？」「對不起，爸。」菲爾一臉受傷和委屈。喬治當然有可能出發之前就在發脾氣，但我懷疑他是因爲莉娜說（或沒說）的話才動怒，然後把氣出在菲爾身上。

喬治確實是個好勇鬥狠的駕駛人。我不敢說他昨天下午開車很衝，但他一路開在路肩上穿過禮拜日的車流，像消防車一樣理所當然。有一個腳踏車隊三輛並排騎在一起。我以爲他會辱罵他們，結果沒有，但他貼得很近從他們旁邊開過去，還狠狠切到他們前面，顯然想嚇嚇人家，或逼他們撞在一起。他有一度轉頭對我說：「蘭恩，這一帶你熟嗎？」「不熟，」我說，「不過我一直想回來這裡。我是在另一頭的莎耶十字村出生的。」「眞的？可愛的小地方，我去過一、兩次。」

好個無恥之徒。我看著他的側臉，當我提起他撞死馬丁的那個村子名字時，他的下巴肌肉甚至沒有繃緊。我有辦法讓他露出馬腳嗎？莉娜直直看著前方，雙手交握放在膝蓋上，一動也不動。說出「莎耶十字村」我其實冒著很大的危險，要是他起了疑心或好奇去打聽呢？那麼他就會發現莎耶十字村已經有五十年沒出現過姓蘭恩的人家。下車之後，莉娜似乎在迴避我的眼神，從我提起莎耶十字村到現在她已經十五分鐘沒吭聲，很不像平常的她，但這也不代表什麼。

下車之後，我請喬治爲我介紹他的車。這當然只是個藉口，其實是要好好看看他的車。車上是有護板沒錯，但看不出來（至少在我這個新手眼中看來）擋泥板或保險桿曾經汰舊換新。再說事隔七個月也看不出來了，足跡已涼（我一直避免在偵探小說裡使用這個說法）。唯一留下的線索都在喬治和莉娜的腦海裡。說不定只有莉娜，喬治很可能早就把那件事忘得一乾二淨。我不認爲這裡撞個人、那裡踹人幾腳會讓他掛心太久。

問題是，我要怎麼樣才能證明？眼前更重要的是，有什麼正當的理由可以讓我待在這裡？莉娜明天就要回城裡了。也許今天下午我會找到機會。我們已經約好要到瑞特利家打網球。

八月三日

事情說定了。我要在這裡待一個月，而且多少可以說是受喬治之邀。一個月應該夠久了。讓我話說從頭。

我抵達時，他們邀的人都還沒到。所以喬治建議我們跟莉娜和菲爾先來個暖身賽。我們在球場上等了一會兒之後，喬治大聲叫不知在哪個房間的菲爾出來。費歐拉急得跑過來，試著把喬治拉到一邊。我聽到她小聲說了句「不想打」之類的。

「那小子有什麼毛病？」喬治怒吼。「我不知道他最近哪根筋不對。不想打是吧？去告訴他，他非打不可，在樓上鬧什麼情緒！我絕不——」

「他有點難過，喬治親愛的。你知道今天早上你因爲成績單的事，對他口氣不太好。」

「妳這什麼話。那小子這學期很懶散，卡魯塞說他很有才能，但如果不加把勁，明年要打橄欖球根本沒希望。妳難道不希望他拿到獎學金嗎？」

「當然希望，親愛的。可是……」

「那麼至少得要有人叫他振作起來。我不准他整天在學校打混，浪費我的錢。

他完全被寵壞了，要是妳——」

「你襯衫後面有隻黃蜂。」莉娜打斷他，裝出擔心的眼神看著他。

「妳別插手，莉娜。」他凶狠地說。我想我再也受不了這個難堪的場景，同時也擔心喬治眞的一氣之下去把菲爾從屋裡拉出來，於是自告奮勇說我去叫他，告訴他我們希望他下樓打球。看得出來喬治吃了一驚，但也沒有理由阻止我。

我發現菲爾躲在自己的房間裡，一開始怎麼都不肯讓步。後來我們談了一下，他才對我吐露心事。其實他不是個壞孩子，上學期也沒有偷懶，但學校有個男生老是找他麻煩，讓他提心吊膽（這種心情我怎麼會不知道！），上課都無法專心。菲爾說到這裡已經淚流滿面。因爲某個可笑的原因，這讓我想起我責怪馬丁毀了玫瑰的那天。我一時衝動問他，要不要趁放假讓我替他上幾堂課，一天假設兩小時，這樣他就能追上落後的進度。

當菲爾感激不盡地結結巴巴、不知所措時，我才想到這豈不是繼續待在塞文橋的最佳理由。作善以成惡的最佳例子[17]——如果除掉喬治可以稱之爲惡的話。我等到

---

17 語出《羅馬書》第三章第八節。原句是作惡以成善。

喬治心情變好、贏了一盤網球滿臉欣喜時才提起這件事。我說我喜歡上了這個小鎮，考慮要多留幾個禮拜，在寧靜的鄉下動筆寫書，還暗示他願不願意讓我指點菲爾一二。喬治一開始有點抗拒，但很快就答應了這個提議，甚至主動邀我住進他家。我客氣地拒絕，我想他也鬆了口氣。無論如何我都不會在瑞特利家住一個月。並不是我對拿人好處還恩將仇報有什麼忌諱，只是受不了隨時都要面對家庭衝突的可怕感覺。此外，我也不想冒險，讓喬治有機會到處窺探，發現這本日記。每天固定幫菲爾上課，就足以讓我在這裡找到立足點。

這件事敲定之後，我看了一會兒網球賽。喬治的修車廠合夥人哈里森・卡飛斯跟費歐拉一組，喬治和卡飛斯太太一組。卡飛斯太太是個身材高大、深色頭髮、吉普賽調調、風情萬種的女人。我總覺得喬治之所以心情變好，有部分可能是因爲她。我清楚看見他把網球拿給她發球時，指頭在她手上停了一下，她則用挑逗的眼神看了他兩眼。也難怪了，她丈夫是個陰沉乏味又不起眼的男人。

莉娜走過來坐在我旁邊，我們跟其他人隔開。她穿上網球裝豔光四射，跟她柔軟的肢體動作很搭，同時也擺出做作但迷人的女學生氣質來配合。

「妳好漂亮。」我說。

「去跟那個卡飛斯太太說。」她回，但我看得出來她很高興。

「那讓喬治去說就可以了。」

「喬治？說什麼傻話。」她幾乎要動怒，但隨即恢復平靜，說：「自從來這裡之後我就很少看見你。你到處跑來跑去，眼神恍恍惚惚，好像失去記憶還是消化不良似的。」

「那是我的藝術家氣質跑了出來。」

「你也可以暫時清醒過來，偶爾給可憐的女孩一個吻啊。至少。」她靠過來對著我的耳朵悄悄說：「小貓咪，不需要等到我們回倫敦，你知道嗎？」

任誰都會說我是個心無旁騖的殺人凶手。我把全副心思都用在對付喬治上，竟然忘了我跟莉娜的感情。我試著跟她解釋我爲什麼要留在這裡，很怕她會開始鬧情緒；周圍有十幾個人的目光，只會煽起而不是壓抑她的情緒。但說也奇怪，莉娜竟然心平氣和地接受了。有點太過心平氣和。事實上（我應該要察覺不太對勁），當我起身去打網球時，她揚起嘴角，露出莞爾、不服輸的表情。打球打到一半，我看見她跟費歐拉聊得正起勁。走出球場時我聽到她跟喬治說（顯然是故意要讓我聽到）：「喬治親愛的，你願不願意讓你可愛的小姨子多住幾天？我們的電影拍完了，所以我想多享受幾個禮拜的樸實鄉村生活。可以嗎，老大？」

「這也太突然了，」他說，用他那像在奴隸市場裡進行交易的算計眼神看她。

「我想如果費歐拉不介意，我們是可以多忍受妳幾天。爲什麼改變心意？」

「我啊，沒有我的小貓咪大概會日漸憔悴。別跟別人說。」

「小貓咪？」

「菲利斯·蘭恩先生。菲力貓。小貓咪。Compris[18]？」

喬治發出尷尬又愚蠢的響亮笑聲。「饒了我吧。小貓咪！這綽號跟他還眞貼切，看他打球的那副孬樣。可是莉娜，說眞的……」他不知道我在聽。他沒看到我當時的表情也好，我不會忘記他是怎麼取笑我的。但是莉娜……她以爲自己在做什麼？有沒有可能是想讓我跟喬治爲她爭風吃醋？還是我一直以來都看錯了她，犯下不可饒恕的錯誤？

---

18 Compris 為法文。意為：懂了嗎？

八月五日

早上一如往常幫菲爾上課。他是個很聰明的孩子（天知道他的好腦袋是從哪來的），但今天早上他狀況不太好。從某些跡象看來——注意力渙散的菲爾，我進門時紅著眼迅速與我擦身而過的費歐拉——我猜家裡一定起了爭執。在做拉丁文即席測驗時，菲爾突然問我結婚了沒。「沒有。爲什麼問？」我答，在他面前說謊我覺得異常羞愧，不過在瑞特利家其他人面前說謊我都像個軍人一樣臉不紅氣不喘。

「你覺得這是好事嗎？」他聲音緊繃細小，極度節制。他聊的話題比同年齡的孩子都成熟，大部分獨生子女都這樣。

「嗯，我認爲是。總之，可以是好事。」我說。

「嗯，大概吧，對適合的人來說。我一輩子都不要結婚。婚姻讓人不幸。我怕——」

「愛有時確實讓人不幸。聽起來很怪，但差不多就是如此。」

「哦，愛……」他頓了頓，深呼吸一口氣，然後激動得脫口而出，「爸爸有時候會打媽咪。」

我不知道該說什麼。我感覺得到他迫切需要一些安慰。他就跟所有敏感的孩子一樣，因爲父母之間的爭吵而不知所措。那對他來說就像住在火山邊緣，整天提心吊膽。我差點就要開口安慰他，但下一秒對這件事的厭惡又把我淹沒。我不想介入太多，害自己分心，所以我冷冷地說，我們恐怕得繼續寫考卷了。多麼可惡的儒弱表現。我在菲爾臉上看見了我對他的背叛。

八月六日

今天下午去看了瑞特利—卡飛斯修車廠。我跟喬治說這可能會是我的小說用得上的題材，還說「世事無一與我無涉」是偵探小說家的座右銘，雖然實際上我大概不是這麼說的。我問了一些白痴問題好讓喬治展威風，也讓我有時間確認修車廠裡他們所有代售車款的零件。我不敢特別問擋泥板和保險桿的事，這樣可能會讓他懷疑我是臥底警察。我發現他晚上有時會把車停在這裡，雖然他家就有車庫。

後來我們走到修車廠後面。那裡有一片垃圾場，上面一堆破銅爛鐵，另一頭就是塞文河。我想好好看一下那堆破銅爛鐵，雖然我不認爲喬治會笨到把撞凹的擋泥板丟在那裡。於是我起了個話題拖住他。

「這堆東西還眞不怎麼美觀。」

「不然你建議怎麼辦？挖個洞埋起來，像反垃圾聯盟那樣？」

喬治有點激動。這麼驕傲自滿的人，有時卻又敏感得令人納悶。當下我決定冒個險。

「你們爲什麼不把東西丟進河裡？沒試過這麼做嗎？眼不見爲淨。」

他愣了好一會兒才回答。我發現自己不由自主地發抖，因此不得不靠向河岸，跟他拉開一點距離，免得他發現。

「天啊，什麼餿主意！這麼一來鄉公所不找我麻煩才怪。丟進河裡！笑死人了！我得去跟卡飛斯說。」他走到我旁邊。「更何況河邊的水也太淺了。你看。」

我探頭一看就看見了河床，同時也看見我左手邊二十公尺處有艘沒人要的平底船停在那裡。沒錯，河邊確實太淺，藏不了什麼，但喬治啊喬治，你大可以划著小船到河中央，把見不得人的證據丟在那裡。

「我都不知道這裡的河那麼寬，」我說，「應該很適合出航。這裡可以租到小船吧？」

「應該可以，」他不感興趣地說。「我嫌太慢，我是說那種活動。坐在那裡抓著一條繩子。」

「找天風大的時候我得帶你去試試，你就不會說它『慢』了。」

我想看的都看了。垃圾堆裡的那些破銅爛鐵確實都年代久遠，看了很礙眼。而且我很確定走下來時看見一隻老鼠從裡頭竄出來。有垃圾堆，又有河流，想必是老鼠的天堂。回修車廠之後我們遇到了哈里森．卡飛斯。我剛好提到我想駕船出遊，他說他兒子有艘小船在這裡，他願意借給我，因爲他只有週末才會用到。喬治偶爾出航也是不錯的改變，說不定還能教菲爾怎麼駕船。

八月七日

今天下午我差一點就殺了喬治．瑞特利。就差那麼一點點。累死我了。我精疲力盡，什麼情緒也沒有，只剩下痛心和空虛，好像被緩刑的是我，而不是他。不，不是緩刑，只不過是暫時中止執行，而且簡單到幼稚的程度，不管是我下手或他逃走的機會都是。以後我還碰得到這種機會嗎？午夜已經過了很久，我不斷反覆想著今天發生的事。也許寫下來就能把它趕出腦海，好好睡個覺。

今天下午，我們五個人（莉娜、費歐拉、菲爾、喬治和我）開車去科茲窩兜風，打算去拜伯里逛逛，然後來個下午茶野餐。喬治帶我逛拜伯里的那副樣子，好像這村子是他的，而我則假裝自己是第一次來，其實我來過十幾次了。我們靠在橋上看鱒魚，那些魚跟喬治一樣壯，一副瞧不起人的模樣。之後我們往山丘開去。莉娜跟我和菲爾坐後座，她對我柔情蜜意，下車時還挽著我的手，走路也貼我貼得很近。我不知道是不是因爲這樣才把喬治惹毛。總之，後來我們在一片樹林的角落鋪上地毯，費歐拉提議大家生個火好趕走蚊蠅，火爆場面就在這時候一觸即發。

先是喬治對於還得去撿樹枝不高興。莉娜開始取笑他，說體力活可能有助於他雕塑身材，結果弄巧成拙。喬治顯然氣在心裡，所以開始找菲爾的碴，說他在小學參加過童子軍，應該爲大家示範怎麼生火。樹枝有點濕，可憐的菲爾手又不夠巧，重點是他根本不知道怎麼生火。喬治站在他面前威嚇他、嘲笑他。那可憐的孩子笨手笨腳，浪費了幾十根火柴，爲了生火猛吹氣，都快把五臟六腑給吐出來，一張臉愈來愈紅，雙手也開始可憐兮兮地發抖。喬治的惡模惡樣令人作嘔。這樣持續一陣子之後，費歐拉終於插手，結果就像那句話說的：火上加油。喬治轉去罵她，大吼大叫說是她要生火的，現在插嘴又算什麼，也只有菲爾這種低能兒才連生火都不會。菲爾終於忍無可忍，看不下去媽媽莫名其妙挨罵。他跳起來，衝著喬治說：

「你要是那麼行，爲什麼不自己來？」

這句頂撞一下就後繼無力，變成喃喃自語。菲爾沒有勇氣把話說完，但喬治全都聽到了。他打了菲爾一耳光，那孩子被打得摔在地上。場面慘烈得難以形容，喬治先是逼得那孩子頂撞他，之後又把他踩在腳下。我知道我氣自己沒有勇氣在場面鬧大之前插手。當下我跳了起來，差點就說出我對喬治的眞實感受（這麼一來肯定會毀了一切，包括我的殺人計畫）。然而，莉娜搶在我開口之前從容自若、彷彿什麼事也沒發生似地說：

「你們兩個去看看風景，茶五分鐘就好了。去吧，喬治親愛的。」她投給他一個極盡性感又戀戀不捨的眼神，於是他就像隻小羊乖乖跟我走了。

我們去看了風景。視野很壯觀。一轉過那片樹林，離開其他人的視線，我第一眼看到的就是將近三十公尺的峭壁，一個老舊的採石場。描寫起來很長，其實整個過程想必不超過三十秒。我跟喬治稍微拉開距離，因為想去看一株蘭花。走近時我發現自己站在採石場邊緣，那株蘭花就在那裡，懸崖就在我腳下，周圍是高低起伏的山丘，賞心悅目的雜草、苜蓿和芥菜滿山遍野。而喬治就在我面前，厚唇藏在八字鬍下繃緊，硬生生把費歐拉和可憐的菲爾的夏日午後給毀了。撞死馬丁的男人。我似乎同時看清這一切，還有懸崖邊的兔子洞，於是就想到了我該怎麼樣毀掉喬治。

我喊他，叫他過來這裡看看，他開始走向我。我打算叫他看底下採石場的碎石機，引他走到懸崖邊，然後我再走過去。我第一步會先絆到兔子洞，然後重重撞上喬治的腿，害他栽下懸崖，之後就交給高度落差和他的體重就行了。一場完美的謀殺。有沒有人恰巧看見都無所謂，反正我無意隱瞞自己因為跌倒而不小心撞到喬治的事實。但因為沒人知道我有殺害他的動機，所以也沒人會懷疑這不是意外。

喬治此刻只離我五公尺遠。「看什麼？」他問，繼續慢慢走向我。接著我犯了個致命的錯誤，但當時我無從知道自己犯了錯。我突然虛張聲勢地說（幾乎像在挑釁他）：「這裡有個好大的採石場。要命的懸崖。過來看。」

他突然停住，說：「那就不用了，謝了，老兄。我一向怕高，沒那種能耐。會暈眩之類的……」

所以現在又得從頭開始了。

八月十日

昨晚瑞特利家開派對。有兩件小事揭露了喬治的眞面目，如果「揭露」適合用在這麼明目張膽的人身上的話。

晚餐之後，莉娜表演了幾項才藝，之後我們開始玩一種非常情色、名叫「沙丁魚」的遊戲。當「鬼」的人先去躲起來，愈狹小密閉的空間愈好。誰先找到鬼就去跟他擠在一起，直到裡頭變成介於恐怖黑牢和縱慾天堂之間的地方。第一次玩的時候，羅妲·卡飛斯當鬼，我很快就在擺滿掃帚的櫥櫃裡找到她。

裡頭很黑，我在她旁邊坐下來時她悄聲說：「喬治，你竟然這麼快就找到我，我一定是像磁鐵把你吸過來了。」從她的諷刺語氣我猜她早就告訴喬治她要躲在哪裡。接著她抓我的手去摟她的腰，把頭靠在我的肩上，這才發現自己犯了大錯。不過她應付得宜，沒有立刻拿開我的手。過不久，又有另一個人找到卡飛斯太太，貼到她的另一邊。「哈囉，是羅妲對吧？」他小聲問。「對。」「所以第一個找到妳的人是喬治？」「不是喬治，是蘭恩先生。」

說話的人是詹姆士·卡飛斯，他竟然以爲我是喬治也眞有趣。他應該是那種自我感覺良好的丈夫。喬治本人是第三個進來的，他發現人那麼多似乎不太高興。總之，又玩了一輪之後他說換玩別的吧（他是那種一定要發號施令的人，即使只是派對遊戲）。於是他帶大家玩一種超級粗魯又激烈的遊戲，規定所有人跪下來圍成一圈，朝對方丟枕頭。他選了一顆很硬的抱枕，又叫又笑跟大家打成一團。他還故意把抱枕全力往我臉上砸過來，我往旁邊一倒，抱枕打中我的眼睛。我兩眼一黑，喬治發出他那種乾巴巴的笑聲。

「痛宰他了，哈！」他大吼。

「你這個笨蛋，」莉娜說，「幹嘛打人家的眼睛！愛現，怕別人不知道你有多壯。」

喬治假惺惺地拍拍我的肩膀，說：「可憐的老貓。抱歉，老兄，別見怪。」

我很氣，尤其氣他在大家面前提起那個愚蠢的綽號。我虛情假意地說：

「沒關係，鼠老弟，你只是不知道自己力氣有多大，是吧？」

喬治聽了一點都不高興，一句話就堵住他那張粗魯下流的嘴。我愈來愈覺得他在嫉妒我跟莉娜之間的關係。誰知道呢。也許他只是想不通我們之間是什麼關係。

八月十一日

莉娜問我爲什麼不搬到瑞特利家住，我說我不認爲喬治會希望那樣。

「哦，他不介意的。」

「妳怎麼知道？」

「我問過他了。」接著她嚴肅地看了我片刻才說：「達令，用不著擔心。我跟喬治已經結束了。」

「妳是指你們之間曾經有什麼？」

「對對對，」她脫口大喊，「我當過他的情婦。如果你想打包行李回家，請便。」

她都快哭了，我還得努力安撫她。過了一會兒她說：「那麼你會來吧？」

我說會，如果喬治眞的不介意的話。我不知道這麼做會不會太魯莽，但要拒絕莉娜實在很難。之後我得把日記藏好才行，不過待在現場也有很多好處；紙上談兵是很容易，但要化爲眞正的行動，安排一場適合的「意外」，這比登天還難。例如，我對車懂得不夠多，所以沒辦法在他的車上動手腳，機械意外就完全不考慮。

也許住在他家會給我一些靈感。不是說再怎麼有條有理的家也會發生意外嗎？更何況可不會有人這麼形容那個家。跟莉娜住在同一個屋簷下也好，我只希望她不會害我心軟。現在我的心想必沒有容納愛的空間，我只能孤身奮戰，也必須這樣。

八月十二日

我駕著卡飛斯他兒子的小船在河上逍遙了一下午。上次開它出來我就懷疑它有點背風偏行的問題（但風不夠大無法確認），風大時會很難控制。我眞的應該盡快帶菲爾來，他顯然很想來，但我卻一直拖延。我想是因爲本來這個月我要教馬丁駕船，要不是……就因爲這樣更應該帶菲爾來，經常觸景傷情對我沒好處。

今天晚上我在想，我怎麼有辦法天天與喬治碰面？明明全身上下每個細胞都對他深惡痛絕。因此當我從鏡子裡看見自己平靜的表情都差點嚇到。我用全副身心痛恨著他，同時又不知不覺克制、隱藏著內心的仇恨，也不急著完成任務。不是因爲我害怕後果，也不是怕找不到合適的方法，某程度來說，我確實有意拖延。

我相信可以這樣解釋：就像戀人常拖拖拉拉一樣，但不是因爲膽怯，而是想要延長愛情修成正果之前的甜美期待。同樣的，復仇者也想細細品嚐心中的恨意，所以會先欣賞不知情的目標再動手，徹底釋放。聽起來很牽強，因此我不敢對其他人坦承，除了這本日記，我幽靈般的告解對象。我相信是這樣沒錯。我可能會因此被貼上神經病、精神失常的標籤，被當作徹頭徹尾的虐待狂，但這的的確確就是我跟喬治在一起的感覺。我打從心裡相信這一定就是正確的解釋。

這不也解釋了哈姆雷特爲什麼一直「猶豫不決」？我很好奇有沒有學者主張，那是因爲哈姆雷特想要延長復仇的熱切期望，於是一點一滴節省地使用危險且永遠喝不膩的仇恨玉露？我想沒有。要是我除掉喬治之後再來寫篇哈姆雷特的論文，提出這個理論，豈不諷刺得教人發笑？天啊，我多想這麼做！哈姆雷特不是個優柔寡斷、膽小怯懦、搖擺不定的神經病，而是個操作仇恨的天才，把復仇變成一種藝術。當你以爲他在猶豫不決時，實際上他是在吸乾仇敵的生命。因此，國王最終死去時，剩下的不過是一具空殼——汁液已被吸乾的果皮。

八月十四日

好個悲劇反諷！昨晚餐桌上莫名其妙展開一場詭異無比的對話。我不知道是怎麼開始或是從誰開始的，總之最後演變成一場「殺人權」的辯論會。我想我們原本是在討論安樂死：碰到回天乏術的病人，醫生該不該「拚命把人救活」？

「醫生啊，」瑞特利老太太用她那重如鉛錠的聲音說，「都是土匪！全部都是。只會騙人，一個字都不能信。看看那個印度人，叫什麼來著？把他太太分屍，然後把屍塊藏在一座橋下。」

「妳說的是巴克．魯克斯頓[19]吧，媽？」喬治說。「很詭異的案子。」

瑞特利老夫人發出沙啞的笑聲。我想像她跟喬治交換了個「你知我知」的眼神。費歐拉紅了臉。尷尬的一刻。

她怯怯地說：「我確實認為當一個人的病情已經回天乏術，可以選擇讓醫師幫他們終結痛苦。你不這麼認為嗎，蘭恩先生？畢竟我們對動物也這麼做。」

「醫生？哼！」瑞特利老夫人又說，「我這輩子一天都沒病過。有一半的病都是自己想出來的……」喬治大笑幾聲。「我告訴你，喬治，不喝那些通寧水對你比較好。像你這麼健康強壯的大男人，何必爲了拿幾罐有顏色的水送錢給醫生，而且還那麼多錢！眞不知道你們這一代是怎麼回事，個個都有疑心病。」

「什麼是疑心病？」菲爾問。我想大家都忘了他也在場，不久前他才獲准加入「晚晚餐」[20]。我看得出來喬治的惡毒評論已經到了嘴邊，於是我趕緊回答：

「就是以爲自己有病其實沒有的人。」

菲爾一臉困惑。我猜他無法想像怎麼會有人喜歡想像自己肚子痛。這場對話就這樣隨興地延續了一會兒。喬治和他母親只顧著發展自己的思緒（如果可以說是「思緒」的話），根本沒聽其他人說什麼。這種霸道的討論方式讓我很火大，爲了扯他們後腿，我平心靜氣地對全桌的人說：「姑且不論身心狀況回天乏術的人，那麼那些無可救藥的社會害蟲呢？那些害身旁的人活得痛苦悲慘的人，你們不認爲殺死這樣的人也算替天行道嗎？」

一陣耐人尋味的沉默，接著好幾個人同時開口說話。

---

19 此案為一九三〇年代轟動全英的殺人分屍案。

20 指正式的晚餐。

「我認爲這麼說愈來愈病態了。」費歐拉喘不過氣地說，一副女主人口吻，好像隨時會歇斯底里起來。

「哦，但想想有多少……我是說，要從哪裡開始？」莉娜說。她盯著我看了很久，幾乎像第一次把我看清楚。還是這只是我的想像？

「說什麼傻話。邪惡的思想。」瑞特利老夫人驚訝地脫口而出，可能是這房間裡唯一直接坦率的反應。

喬治面不改色，顯然完全不知道我這支冷箭是衝著他來的。

「我說莉娜，妳的菲利斯眞是個嗜血的小傢伙，哼？」他說。這就是喬治一貫的道德懦弱。跟我單獨在一起時他從來不會開這種玩笑，即使有人在旁邊也得拐彎抹角——躲在莉娜後面挖苦我。

莉娜沒理他，仍然用懷疑、揣測的眼神看著我，朱唇彎起一角。

「但你眞的會嗎，菲利斯？」最後她正色問。

「會什麼？」

「剷除社會害蟲，就是你說的那種人？」

「女人家就是這樣！」喬治插嘴，「什麼事都要追根究柢。」

「會。那種人沒有資格活著。」我無所謂地說。「應該說，如果不會害我走上絞刑台、賠上性命的話，我會。」

這時候瑞特利老夫人立刻接話，「所以你是個思想開放的人，蘭恩先生？我敢說也是個無神論者？」

我討好地說：「不是的，夫人，我的思想很傳統。但妳認爲在什麼情況下殺人具有正當性，我是說除了戰爭？」

「在戰場上殺敵是一種榮耀。蘭恩先生，關係到榮耀的時候，殺人就不算謀殺。」老太太發表這番老掉牙的迂腐見解時，確實姿態懾人。搭配她陰沉的五官和碩大的鼻子，有一瞬間她看起來就像羅馬時代的女大家長。

「關係到榮耀？妳是指自己的榮耀，還是他人的榮耀？」我問。

「我說費歐拉，」瑞特利老夫人墨索里尼上身似地宏聲說道：「我想我們該離席，讓男士們喝杯小酒了。菲爾，去開門，別光站著作白日夢。」

喝酒時喬治開始掏心掏肺，無疑是因爲終於擺脫了這麼一個病態又尷尬的話題。「了不起的女人，我母親，」他說。「從未忘記她父親是艾維夏伯爵不知隔幾代的表親。我想她一直不太能接受我後來從商，但有時人在江湖，身不由己。經濟蕭條時她賠光了錢，可憐的老太太。要不是我，她早就進救濟所了，剩下的我應該不用再多說了。這年頭頭銜當然不算什麼。謝天謝地，我的眼睛沒長在頭頂上。我是說，人總得與時俱進是吧？但老太太守住尊嚴的樣子挺厲害的，高貴之人任重道遠那一套。這讓我想到，你聽過公爵和獨眼女傭的笑話嗎？」

「沒有。」我說，強自壓下噁心的感覺……

八月十五日

今天早上帶菲爾去駕船。風很大，後來下起雨，讓小船很難控制。菲爾雖然手不巧，但學得很快，心思又敏銳（深深迷上也臣服於危險）。而且，他還告訴我取他父親性命的方法。

當然不是有意的，一番天眞無邪的童言童語，卻讓我如獲至寶。我剛讓他掌舵，一陣猛烈強風就把船吹歪，差點進水，他照我教他的方法轉動船頭逆風航行，然後回頭對我哈哈大笑，眼睛興奮得發亮。

「好好玩，你說對吧，菲利斯？」

「是啊。你做得很好，眞該讓你父親看看你現在的樣子。小心！視線要注意後方。往上風處看，你就會看到狂風迎面而來。」

看得出來菲爾很開心。喬治把他看成（或假裝看成）徹頭徹尾的膽小鬼。像菲爾這樣的孩子爲了在看不起自己的父母面前力求表現、證明他們錯了，會將個性壓抑到教人不可思議的程度。

「對啊，」他大喊。「你想……哪天我們可以邀他一起來嗎？」說完他臉一沉。「不可能的。我忘了。他不會來的，我也不抱期望。我爸不會游泳。」

「不會游泳？」我說。這句話在我腦中一再重播，從遙遠不知何處又或是我內心最祕密的核心對我吶喊，一次比一次大聲。就像麻醉藥發作時聽到的聲音。我的狂亂心跳聲也像那樣，宛如極力要衝破牢籠的復仇之心。

今晚只能寫到這裡了。我得仔細想清楚。明天我會寫下我的計畫，簡單卻致命的計畫。我已經可以看到它在我眼前成形。

八月十六日

對，我相信已經萬無一失了。唯一的困難是說服喬治出航，但一點恰到好處的激將法應該有用。一旦坐上那艘小船，他就死定了。

我得等到像昨天那樣風大一點再行動。假設當天吹西南風（這裡多半都吹西南風），我們會先在河上逆風航行大約八百公尺，再掉頭順風航行。這便是我下手的時機。帆桁在左舷這邊，我會等到一陣狂風吹來，確認小船直直轉向。這艘船會背風偏行，所以一定會翻覆，**而喬治不會游泳**。

起初我想自己把船弄翻。但附近沿岸通常都有零星的漁夫，可能會有人剛好看到這場「意外」，又剛好對駕馭帆船略知一二，如此一來就會有人提出像我這樣經驗豐富的人怎麼會讓船翻覆這類棘手的問題。要是在緊要關頭喬治剛好握著舵桿，豈不是更有說服力！

以下是我想出的辦法：出航時我會把舵桿交給喬治，自己負責主帆索和前帆索。一看見強風逼近，我就叫他把舵拉高，那樣風會跑到主帆的後緣，帆桁就會猛烈搖晃。想把偏向的船轉回正確方向，唯一的希望就是把舵大力往下扳，但喬治不知道這點，到時我也沒有時間在船翻覆之前把舵桿從他手中搶過來。啓航時我得記得把中央板拉起來，這麼做很正常，也能更加確保船一定會翻覆。幸運的話喬治會被帆桁打昏，整個人摔下船，也不會有機會游回來抓住船身。我得想辦法讓自己被卡在帆下或被帆索纏住之類的，因此無法及時脫身去救掉進水裡的可憐朋友。此外也得注意船翻覆時不能離岸邊的漁夫太近。

這會是一場毫無破綻的謀殺，一個不折不扣的意外。眞要有什麼問題，多半是驗屍官可能責怪我爲什麼要挑氣候不穩定的時候讓喬治掌舵。

驗屍官！我都忘了考慮這個問題。死因聆訊時我的眞名勢必會曝光，到時在車上目睹車禍的莉娜就會知道我就是喬治撞死的小男孩父親。她會不會把所有線索兜在一起，進而懷疑翻船意外其實有詐？我得想辦法過她那一關。她對我用情有深到能閉上嘴巴吧？這樣利用莉娜是整件事最醜陋的一部分，但我何必要在意？我應該記住的是馬丁，他站在馬路中央那巍巍顫顫的身影，還有那袋爆開的糖果。跟他的死相比，其他人的感受又有何重要？

聽說溺水初期很痛苦。很好，正合我意。想像著喬治的肺部漲破，頭頂痛到尖叫哀號，雙手拚命亂抓要把沉重不堪的水從胸前撥開。我希望到時他會想起馬丁。

我要游過去對著他的耳朵大喊「馬丁・卡恩斯」嗎？不，我想我可以安心讓他跟自己溺死前的萬千思緒獨處，用這種方式爲馬丁報仇就已足夠。

八月十七日

今天午餐時我丟下誘餌。卡飛斯夫婦也在場。看到可憐的費歐拉極力假裝沒瞧見羅妲．卡飛斯和喬治之間眉來眼去，讓我更想給喬治好看。我說菲爾有潛力成為一流的帆船手，這讓喬治的表情在盲目的驕傲和無禮的懷疑之間掙扎。他不情願地說，他很高興終於聽到那小子有擅長的事，免得他假日都在花園裡閒晃等等。

「哪天你也該試試。」我說。

「駕著你那艘小舟出海？不用了，我很愛惜這身皮囊！」他笑道，笑得有點太賣力。

「哦，那其實很安全，如果你擔心的是這個的話。」我接著對桌上的人說，「說也奇怪，很多人都怕坐小船，但每次過馬路卻不會擔心被車撞。」

我最後一句玩笑話讓喬治垂下眼皮，這是他露出的唯一破綻。費歐拉高聲說：

「哦，我相信喬治不是**害怕**，只是——」

哪壺不開提哪壺，喬治顯然很不高興太太替他說話。她八成是要說，只是喬治不會游泳。但他打斷她的話，臉色難看地模仿她的聲音說：

「不，親愛的，喬治不怕。他可不怕小船。」

「那好吧，」我四兩撥千斤地接著說。「改天跟我一起去吧。你一定會愛上它的。」

就這樣。我興奮得喘不過氣。房間的其他一切都顯得虛無縹緲——莉娜在跟卡飛斯嘰嘰喳喳聊天；費歐拉在一旁乾著急；羅妲慵懶地衝著喬治笑；瑞特利老夫人不以爲然地挑著她的魚，好像那條魚血統有問題，居高臨下的眉毛不時銳利地瞄一眼喬治和羅妲。我得穩穩坐好，才能讓如繃緊鐵絲般瑟瑟發抖的身體放鬆下來。我望著窗外，直到灰色房子和旁邊的樹模糊起來，融成顫巍巍、變動不定、色彩斑駁的圖案，就像陽光樹影下的河面。

一個遙遠的聲音把我震醒，讓我回過神。是羅妲·卡飛斯在對我說話：

「蘭恩先生，那麼你整天都在這裡做什麼呢，除了指導小朋友功課之外？」

我正要提起精神回答，喬治就插嘴：

「哦，不就躲在樓上構思他的殺人計畫。」

我常在我的驚悚小說用「心臟的血液瞬間流乾」這種老套說法，但我從來不知道那有多麼貼切。喬治的這句話讓我覺得自己（恐怕看起來也像）像塊毫無血色的白肉。我瞪著他看了彷彿有幾個鐘頭那麼久，嘴巴不由自主地顫抖。直到羅妲說，「哦，你正在寫新書對吧？」我才發現喬治說的是小說裡的謀殺。是嗎？他有可能發現或起疑嗎？不可能，擔心這個就太可笑了。當下我大大鬆了一口氣，以致於惱羞成怒，氣喬治害我嚇了一大跳。

我說：「對，我正在構思一起巧妙的謀殺案，說不定會變成我的傑作。」

「他啊，還眞是保密到家，」喬治說。「鎖起門，閉上嘴，神祕兮兮的。他說自己是驚悚小說家，但是眞是假誰知道？我認爲他該把手稿拿出來給大家看，妳不認爲嗎，羅妲？這樣我們才能確認他不是假扮成一般人的逃犯之類的。」

「我不——」

「是啊，菲利斯，午餐之後唸一些來聽聽，」莉娜說。「我們會圍坐在一起，聽到壞人的匕首落下那一刻大家也會一起尖叫。」

太可怕了。這個提議像野火一樣蔓延開來，愈燒愈旺。「行行好。」「是啊，一定要！」「得了，菲利斯，這算什麼朋友。」

我刻意裝出堅定的語氣，但聽起來恐怕像驚慌的母雞。

「不行，我沒辦法，抱歉。我討厭讓人看到我還沒完成的手稿。這是我的怪癖。」

「別那麼掃興，菲利斯。這樣吧，如果大作家會害羞，那就讓我來唸吧。我先唸第一章，然後我們再來打賭，猜猜誰是凶手，每個人都丟個一先令。我猜凶手在第一章就會出現吧？我這就上樓去拿。」

「你休想這麼做。」我有點破嗓。「我絕對不允許。不允許有人亂翻我的手稿。」喬治咧著嘴笑的醜臉惹惱了我，我一定是怒眼瞪著他。「你也不會喜歡有人亂翻自己的私人信件，所以也別碰我的。難道遲鈍到聽不懂暗示嗎？」

喬治看到我驚慌失措當然很樂。「啊哈，原來如此！私人信件。情書。深『情』不露。」他對自己的妙語如珠得意地大笑。「你可要小心點，不然莉娜會吃醋的。惹到她可有得你瞧，我跟你保證。」

我極力克制住情緒，用淡淡的口氣說：「不是情書，喬治，你不應該養成思想偏狹的習慣。」不知道爲什麼我接著說，「總之我不應該把手稿唸出來。要是我把你寫進小說，難道你不會很難爲情嗎？」

卡飛斯出人意外地高聲說：「我想他也認不出來。一般人都不會吧？當然了，除非他是主角。」

一句笑裡藏刀的評論。卡飛斯總是那麼中立，你不會想到他會丟來這麼一句話。不用說，這句話說得太委婉，對喬治這麼厚臉皮的人根本不痛不癢。之後大家開始討論作家筆下的虛構角色有多少取材於眞實人物，氣氛才緩和下來，但在事件當下，氣氛眞是降到冰點。我暗自祈禱，希望剛剛對喬治發脾氣不會害我露餡。但願我把這本日記藏得夠好。要是喬治眞對我的「手稿」那麼好奇，我懷疑就算上鎖也阻擋不了他。

八月十八日

偽善的讀者，你能想像自己犯下命案卻能免於懲罰嗎？無論行為本身（下手的方式）是成功，還是因為難以預料的厄運而失敗，這件事都必須完完全全看似一場意外，不能引起任何懷疑。你能想像自己每天跟你鎖定的目標住在同一個屋簷下？此人的存在除了你所知的醜惡一面外，也是對身旁所有人的詛咒，對造物者的侮辱。你能想像跟這種可惡的人渣住在一起有多容易？對目標瞭若指掌後多快可以轉變成對他的輕蔑？有時他會用有點奇怪的眼神看你，因為你在他眼裡像失了神，然後你回給他一個親切但心不在焉的微笑。之所以心不在焉，那是因為當下你正在腦中重播第五十次風向、風帆、舵桿如何將他毀滅的任何細節。

如果可以，想像上述的一切，然後想像自己被一件小事牽制、阻礙、無法行動。仁慈的讀者，或許你猜是「那個低沉細小的聲音」。很心胸寬大的想法，但錯了。相信我，我對除掉喬治．瑞特利毫無一絲良心不安。就算沒有其他理由，光是看他那樣糟蹋一個可愛小孩的生命，就足以讓我有除掉他的正當理由。他已經毀掉一條珍貴的生命，我不會再讓他毀掉另一個。不，阻止我行動的不是良心，甚至不是因爲我生性怯懦，而是比這些都更簡單的原因——不爲別的，就只是因爲天氣。

我人在這裡，不知道還要在這裡多久，像古代水手召喚著風。（我想召喚風是人類試圖操控自然的一種巫術，跟第一艘帆船一樣古老，也跟野蠻人敲鈸祈雨或在田裡舉行豐收儀式是一樣的事。）這並不是說我眞的在召喚風。今天其實有風，可惜太大，是幾近強風的西南風。問題就在這裡。我要等到風大到足以打翻一艘操控不當的船，但又不能大到讓人懷疑我在這種天氣帶新手出航是惡意的疏忽。要等多久才能等到風剛剛好的那一天？我不能永遠待在這裡。別的不說，光是莉娜就愈來愈難應付。老實說，我漸漸開始覺得她煩，雖然只有一點點。這麼說很惡劣，畢竟她是那麼甜美可人，但她最近少了許多活力，以我目前的心情來說太少女、太黏、也太強烈了。今天晚上她才又提起：「菲利斯，我們不能一起去別的地方嗎，我厭倦了這裡的所有人。你不來嗎？拜託。」提起這件事時她格外地激動。也難怪，待在這裡天天看到喬治，不斷回想起七個月前的那晚他們的車在一條巷子裡撞死一個小孩，對她不可能太有趣。我當然也只能用些模糊的承諾敷衍她。我對莉娜有點過意不去，但就算我不怕當壞人，我也不敢跟她分手，因爲當我的身分在死因聆訊曝光時，我需要她站在我這邊。

我希望她能變回我們剛認識時那個強悍、俏皮、咄咄逼人的女孩。背叛那樣的莉娜感覺容易多了，而她遲早都會覺得遭背叛，因爲我把她當作解開問題的線索，即使她永遠也不知道是什麼問題。

八月十九日

今天在瑞特利家發生了一件奇妙的插曲。當時我從客廳門前經過，門半掩，裡頭傳來模糊的啜泣聲。我本來想直接走過去（那種聲音在這個家聽久了就會司空見慣），卻剛好聽到喬治的母親用嚴厲急切又跋扈的低沉語氣斥道：「好了，菲爾，別哭了。記住，你是瑞特利家的人。你祖父在南非打仗時為國捐軀，周圍一圈死去的敵人，他們把他大卸八塊，他還是不肯投降。想想他，你還這樣哭哭啼啼不害臊嗎——」

「可是他不應該……我受不了……」

「等你長大就會懂這些事了。你父親或許脾氣有點暴躁，但一個家裡只能有一個人當家作主。」

「不管妳說什麼，反正他就是欺負弱小。他沒有權利那樣對待媽咪……太不公平了。我——」

「住口，孩子！馬上給我住口！你竟敢批評自己的父親！」

「妳不也一樣？昨天我聽到妳跟他說，他跟那女人眉來眼去很難看，妳——」

「夠了，菲爾。不准你在我或任何人面前再提起這件事。」瑞特利老夫人的聲音像生鏽的鋸齒狀刀片邊緣，接著又忽地一轉，變得慈祥又有耐心。這改變讓人毛骨悚然。她說：「孩子，答應我你會忘了昨天聽到的事，不管你聽到什麼。你還太小，不該煩惱大人的事。答應我。」

「我沒辦法答應妳忘記這件事。」

「別跟我耍嘴皮子，你明知道我的意思。」

「好吧。我答應妳。」

「那就好。有沒有看見那面牆上掛著你祖父的劍？請你把它拿過來。」

「可是……」

「拿來就是了……這就對了。把劍給我。我要你爲奶奶做一件事。我要你跪下來，把劍拿在面前發誓：無論發生什麼事，你都會捍衛瑞特利家的榮耀，永遠不以你繼承的姓氏爲恥。無論發生什麼事。了解嗎？」

我再也忍無可忍。喬治和那個老巫婆把孩子夾在他們中間，遲早會把那孩子逼瘋。我大步走進房間，說：

「哈囉，菲爾，你拿著那個可怕的武器在做什麼？看在老天分上可別掉了，不然會把腳趾切斷。哦，瑞特利老夫人，我沒看到妳在這兒。我恐怕得把菲爾帶走了，我們該上課了。」

菲爾呆呆地對我眨眼，像夢遊的人剛醒過來，接著又緊張地瞥了他奶奶一眼。

「來吧，菲爾。」我說。

他渾身發抖，然後突然從我面前跑出房間。瑞特利老夫人坐在原地，那把劍擱在她的膝蓋上，笨重又凝定如石，儼如一尊愛潑斯坦[21]的雕像。我走出去時感覺得到她盯著我的背。我不敢轉過頭面對她的眼神，不然就會沒命。我向上帝祈禱能夠把她跟喬治一起淹死，那樣菲爾的人生才有希望。

21 英國雕塑家，現代雕塑先鋒。

八月二十日

再過幾天（如果天氣允許），我就要犯下命案。這件事完全跟我合而爲一，多教人不可思議。我沒什麼情緒，只有一般人去看牙醫之前的一點點不安。也許人在做這樣的事之前，感知必然會變得遲鈍，尤其整件事已經攤在眼前好一段時間。眞有意思。我告訴自己「不久我就會變成殺人凶手」，這句話聽在我耳中就像說「不久我就要當爸爸了」一樣自然，不慍不火。

說到殺人凶手，今天我跟卡飛斯聊了好一會兒。早上我開車到他們的修車廠換油。他似乎眞的是個正人君子，我無法想像他怎麼受得了跟喬治這種討厭鬼合夥做生意。他很迷偵探小說，問了我一堆小說中的謀殺技巧之類的問題。我們討論了指紋的學問，還從小說中殺人凶手的角度探討氫化物、番木鱉鹼和砒霜的相對優點。我擔心我對後者不是很確定。重拾寫作之後，我得去上上毒物學才行。（怪的是，我竟然理所當然以爲等喬治這件惱人的小插曲結束後，我會重新做回老本行。這不就好比威靈頓公爵贏得滑鐵盧之役後，回頭去玩一盒小錫兵。）

我們聊了一會兒，之後我踱步到修車廠後面，迎面而來是一幅奇怪的景象。喬治的寬背對著我，擋住了大半窗戶，那姿勢就像躲在被圍攻的屋子裡向外開槍。突然間「咻」的一聲，我走上前，看見他的確正在射擊，手裡握著一把氣槍。「又逮到一隻王八蛋，」他說。我走到他旁邊。「哦，是你啊。我正在亂射那個垃圾堆裡的老鼠。我們什麼方法都試過了，設陷阱、放毒、捕鼠等等，全都沒效。昨天晚上那些小混蛋溜進來啃了一顆新輪胎。」

「很不錯的步槍。」

「是啊，去年送菲爾的生日禮物。我答應他每射中一隻老鼠就給他一便士，昨天他射中兩隻的樣子。怎麼樣，想試試嗎？咱們來押個半塊錢，看誰用六發子彈射中最多老鼠。」

結果變成殺人犯和他未來的目標並肩站在一起，狀似和睦，輪流對著老鼠群集的垃圾場開槍的奇妙場景。我會向寫驚悚小說的同行推薦這個場景，這很適合狄克森．卡爾的第一章；葛蕾蒂．米契或安東尼．柏克萊也能發揮得很好。[22]

喬治贏走了半克朗。我們都各自打中三隻老鼠，但喬治發誓我最後一顆子彈只有擦邊而過。我懶得跟他吵，畢竟朋友之間半克朗算得了什麼？

今天風小了些，但還是可能突然颳起暴風。我不如明天就動手殺了喬治。禮拜六下午他通常會放假，再這樣拖下去也沒有意義。我跟他的關係以意外開始，也以意外結束，雖然諷刺也算有始有終。

22 此段所提的三名作家都是與作者同時代的推理小說家。

八月二十一日

就是今天。今天下午喬治就會坐上那艘小船。我的漫長旅程就要結束，而他的正要開始。早餐時我邀他一起出航，語氣很正常，但此刻我握著鉛筆的手正在發抖。白雲在空中漸漸聚攏，樹葉跟陽光熱鬧嬉戲，全部過程都應該完美無缺。

菲利斯·蘭恩的日記到此結束

第二部　河上的行動

喬治・瑞特利回到飯廳時，大家正坐在一起喝咖啡。他對蓄著鬍子、用湯匙舀起一匙糖、看著糖堆崩塌並沉入熱飲底下的圓臉男人說話。

「菲利斯，我得先去處理幾件事，你可以先去備好船嗎？十五分鐘後在碼頭上見。」

「當然好，不用急。」

莉娜・羅森說：「遺囑寫了嗎，喬治？」

「這就要去寫，但我沒那麼無禮，大剌剌說出口。」

「菲利斯，你會看好他吧？」費歐拉・瑞特利問。

「費，別那麼大驚小怪，我不是三歲小孩，可以自己照顧自己。」

菲利斯・蘭恩和和氣氣地說：「不知道的人會以爲我跟喬治是要駕著獨木舟橫越大西洋呢。放心，喬治會長命百歲的，只要他都乖乖聽我的，不要半途造反。」

喬治的臉色一沉，濃密八字鬍底下的嘴巴噘起。他不喜歡任人使喚的感覺。

「沒問題，」他說，「我會當個乖小孩，我跟你保證我可不想掉進水裡。從來就不喜歡水，只有把威士忌倒進水裡例外。去戴上你的船長帽吧，菲利斯。十五分鐘之後見。」

兩人都起身離開飯廳。十分鐘後，菲利斯·蘭恩忙著把小船拉到碼頭外。他一絲不苟、小心翼翼地掀起木板把水舀出去再裝好，擺好舵，綁好前帆，拉拉升降索確認沒卡住，然後把前帆擱在船頭，轉頭去看主帆。他把帆桁閂在桅杆上，把一端升降索勾在帆桅的滑索上，接著向著風拉起帆。帆劈劈啪啪迎風鼓起。他恍惚地笑了笑，放下帆，然後裝好短槳和槳架，放下中央板，調了一下前帆索，之後就點了根菸坐下來等喬治·瑞特利。

一切都從容不迫、有條不紊地完成。在他期盼已久的那一刻來臨之前，一點差錯都會讓後果不堪設想。河水啪啪掠過碼頭。他往上游望去，看見橋，還有修車廠垃圾堆前的那段河流。喬治一定把車禍的關鍵證據丟到那邊的河裡。想起將近八個月前的那一天，他嘴巴繃緊，指間的香菸開始抖動。過去這段時間幾乎把那股悚慄感淹沒，此刻卻又整個浮現。現在的他已經超越善惡對錯，那就像此刻隨著水流漂過的錫罐和冰淇淋盒一樣空洞無用。他在眞正的目標周圍築起一片虛假的藉口，如今行動開始了，要跳出去已經太遲。他勢必會被帶往不可避免的結局，就跟河上的殘骸順著水流漂走一樣。不可避免的結局無論如何都會到來。有那麼一刻他思索了計畫失敗的可能。對這件事他很聽天由命，就像火線上的士兵。他只能看到這個小時之內的事，之外的一切都太不眞實，被當下高亢激越的哄鬧聲、他心臟打鼓的聲音，還有耳朵裡斷斷續續的風聲淹沒。

碼頭上響起的腳步聲打斷了他的胡思亂想。喬治低頭看他，像一座山，雙手扠腰。

「天啊！我得坐上這艘船嗎？好，放馬過來吧。」

「不，不是那裡，坐中間的划手座，迎風面那邊。」

「連坐自己想坐的位置都不行？我一直都覺得這是自討苦吃。」

「坐那裡比較安全，船會比較平衡。」

「安全？哦，好吧，老師，走吧。」

菲利斯．蘭恩陸續升起前帆和主帆。他坐在船尾，三兩下就把左舷前帆索拉緊，俐落將它固定，接著轉去拉主帆索，船吃到風便開始從碼頭滑走。他們出發了，右舷的風暢通無阻地拂過一片水草。喬治腳踩中央板的外殼，手抓住舷邊，看著磨坊掠過眼前。以前他從來沒有從這個角度看過它。風景如畫的老地方，他心想，但一定虧錢吧。船尾噗噗冒出水泡，水花輕快拍著船頭。這樣滑動給人一種平靜的感覺，看著房子有如在輸送帶上平順滑移，喬治的不安逐漸減弱。他欣賞著菲利斯操作手中的繩子和舵桿，同時不停往右肩後面打量，假裝很吃力，他覺得很逗。

他說：「我一直覺得航海有點神祕，雖然看不出有多大學問。」

「哦，**看起來**很簡單，不過等我們……」菲利斯重新起了個話頭：「到了上游河面比較寬闊的地方，你想試試嗎？」

「我這種生手？」喬治開心地笑。「你不怕我把船弄翻？」

「你沒問題的，只要照我說的去做。你看，舵柄上扳是這樣，下扳就是另一邊。感覺到船側傾就把舵柄下扳，這樣可以迎著風，把風從帆甩出去。不過不能太大力，不然就會頂住風，動彈不得——」

「動彈不得！天啊，就像老同志！」

「這時候船會慢下來，突然來陣強風把你打到一邊，你就只能任它擺布了，因爲又讓風給跑掉了。」

喬治咧咧嘴。他的牙齒又大又白，一瞬間看起來就像歐陸漫畫描繪的英國政治家，一臉貪婪、自滿、道貌岸然。

「我看來簡單得很，不知道有什麼好小題大作。」

菲利斯突然怒火中燒，想給眼前這個自以爲了不起、說話帶刺的大塊頭一巴掌。每當菲利斯的怒火滿到某個程度，他的反應都不是直接去攻擊惹惱他的人，而是鋌而走險。如果剛好在開車或駕船，他就會橫衝直撞，把同伴嚇個半死。他往後一瞥，看見一陣強風越過水面急馳而來，便下意識拉緊主帆索。小船狠狠往旁邊一斜，彷彿有隻大如雲朵的手推了桅杆一下。他猛力將舵柄往下扳。水花從背風面舷邊灑進來時，小船轉頭迎風，直直立起，甩掉強風，就像一隻狗甩掉背上的水花。喬治感覺到船身猛然一沉、斜向一邊時，嚇得爆粗口。菲利斯在一旁幸災樂禍地打量，眼前的大塊頭臉色發青，用不安的眼神盯著他，甚至還來不及逞英雄。

「聽著，蘭恩，」喬治說，「我最好……」

但蘭恩一臉無辜地堆起笑臉，剛剛的怒火消失了，因爲成功嚇到喬治而心滿意足。他說：

「沒事，不需要緊張。等開到寬闊的河面上，開始搶風的時候，同樣的過程會一直重複。」

「這樣我要下船用走的。」喬治發出不自在的短促笑聲。他心中暗想，這個混蛋，竟敢嚇我，我絕不能露出慌張的樣子——反正我也沒慌啊，沒這回事。「不需要緊張」是吧？哼！

又航行一會兒之後，他們來到水閘前。右岸的院子花團錦簇，就在水閘看守人的住屋前，大里花、玫瑰、蜀葵、紅亞麻排排站，迎著強風前俯後仰，一支制服五顏六色的軍隊。水閘看守人慢悠悠走出來，抽著短短的陶土菸斗，身體往後靠，伸長了手搭在開啓水閘的巨大橫木上。

「早啊，瑞特利先生，難得在這裡看到你。今天是適合出航的好天氣。」

他們把船划進水閘，水門打開，水轟轟湧出，船愈沉愈低直到桅頂只露出三十公分，困在長滿青苔的水閘兩壁間。菲利斯·蘭恩極力壓下心中逐漸升高的不耐。前方，木頭閘門八百公尺外就是此行的最後一段航程，他想快點到那裡，把任務完成，證明自己的計算準確無誤。理論上看來萬無一失，但最後關頭的那一刻呢？比方，要是喬治其實會游泳？水轟隆隆穿過水閘，像一群野牛橫衝直撞穿過柵門。但在菲利斯眼中卻如涓涓細流，跟流過沙漏的細沙差不多。此刻水閘裡的水想必跟外面的河水一樣高了，喬治卻還在跟水閘看守人囉唆（真該死！），讓菲利斯苦上加苦——彷彿想要把自己的痛苦往後延似的。

菲利斯心想，天啊，還要多久？照這個速度，我們會耗在這裡一整天，說不定等抵達寬闊的河段，風就減弱了。他偷偷抬頭看天空，頭上的雲還在移動，從海平線那頭飄向另一邊天空。他發現自己無時無刻不在觀察喬治：他手背上的黑毛、他前臂上的痣、他叼著菸抬起右手肘的樣子。那一刻，喬治在情感上對他來說不過就是一具死屍，等著他去完成幾件事就一命嗚呼。菲利斯內心的亢奮甚至超越了對此人的憎恨。除了亢奮，心中再無他物，就像一個瘋狂旋轉的圓，在正中央深眠的是難以解釋的平靜。

轟轟激流聲減弱成嘩嘩水聲。閘門打開之際，水天一色的景色在眼前愈來愈遼闊。

小船逐漸漂遠時，閘門看守人大喊：「過了那個彎就可以捕到風了。」

喬治．瑞特利對他喊：「我們來的時候被吹得東倒西歪，蘭恩先生想盡辦法要把我摔下船。」

「蘭恩先生沒問題的，他駕船技術很好，你跟他在一起安啦。」

「眞令人安慰。」喬治說，不經意地瞄了菲利斯一眼。

船慵懶地滑行，跟牛奶一樣溫順，很難想像它一旦感受到強風的鞭打，就會變成任性、凶暴、難以駕馭的野馬，但在這裡有右舷樑的壁板保護。喬治又點了根菸，第一根火柴熄掉時，他惱火地低聲咒罵。

他說：「不覺得挺慢的嗎？」

菲利斯懶得理他。所以喬治也覺得船動得太慢是嗎？亢奮的心情又浮現，然後像強風中的旗子倏地落下。岸上柳樹的長髮迎風翩翩飛揚，但在這裡的風只輕輕拂過他的額頭。他想起泰莎，還有馬丁，也不帶憂慮地想起難以預料的未來。搖曳著灰黃葉片的柳樹讓他想起莉娜，但她離這艘載著兩個人奔向危險的小船似乎很遠。她在這場危險中扮演的角色已經完成。

他們漸漸接近河流的彎道。喬治不時瞥著同伴，像要說些什麼，但菲利斯全神貫注的模樣連喬治這麼粗線條的人都感覺到了，不敢隨意開口。菲利斯駕船時有種平常沒有的威嚴，喬治發現了，卻隱隱覺得不服氣。但轉過彎道，進入八百公尺長的河面時，迎面撲來的西南風打散了他心中相互矛盾的情緒。他們面前的河流漆黑又湍急，河面上泛著陣陣波紋，常常只要狠厲狂風的利甲一抓，紋路就會更深。直直朝著這個河段吹來的風跟水流相互對抗，猛地激起一陣浪，震晃、拍打著小船鈍鈍的船頭。菲利斯在船邊坐直，腳用力抵住另一邊舷側座板的邊緣，讓船右舷受風，迎風航行。這艘有背風偏行毛病的船搖搖晃晃，像一匹尚未被馴服的野馬，他奮力拉著主帆索和舵桿，好讓船頭對著風，不時往肩後看，測量每陣張牙舞爪朝他們逼近的強風的力道和方向。中間有一度他諷刺地想，要是其中一陣強風在他等待已久的那一刻來臨前就把船吹翻，那有多可惜啊。眼下，他把全副精力都用來保全他窮追不捨多日的男人。

此刻他扳起舵桿以便走動。當船頭奮力抬起迎向風時，他放開右舷的前帆索。風咬住前帆，狠狠地左右搖晃它，像狗咬甩一塊笨重的破布。一陣猛烈的雜音和震晃：船尾轉了一圈，水花翻騰，細浪撞上將近兩公尺外的河岸。當船慢慢脫離左舷受風航行之際，一陣強風讓它往側面翻倒，但菲利斯已經把舵柄大力往下扳，強迫它鑽進風裡，因此不久船就拉直，主帆頹喪地一抖，再度搶風而行。喬治迎著風探出身體，一臉慌張。他感覺到船在猛烈顛簸，也看見水花翻騰，水面跟背風面的舷緣一樣高。他咬緊牙，決定不要對眼前的小個子鬍子男洩露自己的恐懼。跟風搏鬥時，他還故作輕鬆吹著口哨。這人身手不凡，但他隨時都能像折斷樹枝一樣折斷他的脖子。

菲利斯確實全神貫注操控著這艘桀驁難馴的船，幾乎把喬治拋在腦後。他隱隱意識到自己掌握著宰割這個可鄙又自滿的惡霸的美好權力。對方藏得很差勁的恐懼讓他看了很樂，但目前那只是跟大自然的熟悉搏鬥中一個小小的、意外的收穫。他另一部分心思則在留意遠處岸上的那棟黑白旅社。一艘棄置一旁、船骨斷裂的駁船躺在旅社前的船台旁；漁夫們著了魔似地凝視著水上的浮標，完全無視忽左忽右、在兩岸之間交叉來去的小船。他心想，如果我想，現在就可以把喬治推下水溺死，相信那些漁夫也不會有半個人發現。

就在那一刻，一聲轟然巨響傳來。菲利斯回頭一看，只見兩艘電動駁船緩緩轉過彎，並駕齊驅，各自的船尾都拖著兩艘小駁船。他仔細用眼睛估算距離。兩艘船離他有兩百公尺，在他從現在算起的第三次搶風航行時就會追上他。他們經過時，他可以在河岸和離他較近的那排駁船之間做短程掉搶，但風險是會暫時被船身包圍，任憑下一陣強風擺布，而他們激起的水花會害他偏離方向，堅硬的泊船索也有可能展開橫在他們中間。另一個方法是先掉頭，搶在風來之前越過他們，等他們經過再掉頭回去。喬治打斷他的思緒，清清喉嚨說：

「現在怎麼辦？他們是不是太近了？」

「哦，空間還很夠，」菲利斯不安好心地說，「你知道，電動船得讓路給帆船。」

「讓路？哼！看不出對方有要讓路的意思。可惡，他們以爲這條該死的河是他們開的嗎，竟然兩艘並行，丟人現眼。我要記下他們的牌號，跟船主申訴。」

喬治的怒火顯然一觸即發，隨時都會失控。而那兩台電動船確實節節逼近，只見他們的船頭兩邊水沫騰騰，像兩道白鬍，光這樣就夠嚇人了。但菲利斯鎮定地再次搶風轉向，開始橫越河流，離後方那艘船僅僅七十公尺遠。喬治抹著臉，悄悄湊近菲利斯，怒眼瞪著他，眼白張大。突然間他放聲大吼：

「你要怎麼做？聽著，你不能——」他說的話被硬生生切斷，給其中一艘駁船的響亮汽笛聲蓋過去，那聲音像在附和喬治愈來愈歇斯底里的聲音。看著喬治激動到可笑的臉，菲利斯突然閃過一個念頭：此刻就是製造一場意外的最佳時機。喬治的驚慌失措縱使令他鄙夷，卻也驅使他往那個方向想。但他拒絕了改變原計畫的誘惑。他知道原計畫才是最好的計畫，才是加倍保險的做法，就讓他照著劇本走，不要冒險即興創作。但嚇嚇喬治也沒什麼壞處。

駁船現在只隔二十公尺遠，把他們的船逼到岸邊，菲利斯能調動的空間很小。他把船轉向，小船漸漸跟較近的那艘駁船交會。他隱約意識到喬治抓住他的腿，對著他的耳朵喊：「你這個笨蛋，你要是撞上那艘船，我他媽的絕對不會放過你。」菲利斯扳起舵柄，拉直主帆索，小船隨之轉向，帆桁飛向左舷，人身牛頭似的駁船船首急速掠過，離他們還有三公尺。當他們順風掠過那艘駁船時，喬治怒不可遏地踉蹌起身，揮舞著拳頭，對船艙裡面無表情的人大聲咒罵。坐在船尾的年輕人不爲所動地看著他的動作。接著，駁船激起的水打中小船，喬治一個踉蹌跌在地板上。

「我不應該再站起來，」菲利斯．蘭恩和氣地說，「下次你可能不會跌進船裡。」

「可惡！他們瞎了眼嗎！我要——」

「哦，控制一下自己。我們一點危險也沒有。」菲利斯閒話家常似地說。「前幾天我跟菲爾出航時也發生過一樣的事，他也沒慌了手腳。」

後面那艘駁船快速掠過，一艘又長又矮的鐵皮船，艙頂上印著「易燃物」三個字。菲利斯看來確實很想煽動同伴的怒火，讓他燃燒起來。當他把船掉頭，再度用左舷搶風而行、上下擺盪橫越駁船激起的浪花時，他冷冷地、字句清晰地說：「我從沒看過一個大人這樣當眾出糗。」

喬治想必已經很久沒聽過別人這樣對他說話。他一怔，雙眼圓睜不敢置信地盯著菲利斯，好像不確定自己有沒有聽錯，接著怒沖沖地瞪著他，眼神嚇人。但過了一會兒他不知想到什麼又轉過頭，聳聳肩，露出神祕狡詐的微笑。這下換菲利斯緊張起來，不知所措地摸索著船上的裝置，不確定地瞥著同伴。喬治則是不時挪動巨大的身軀，隨著搶風而行的小船調整重心，還吹起口哨，偶爾跟菲利斯說說笑。

「我愈來愈樂在其中了。」他說。

「很好。想換你掌舵嗎？」菲利斯的聲音乾澀、緊繃，幾乎像在喘，把賭注都押在對方的答案上。但喬治似乎不疑有他。

「你想的時候再說。」他隨意答腔。

菲利斯的臉色一暗，那表情要解釋成曖昧、驚愕或暗覺諷刺都有可能。他開口時，聲音幾乎像在耳語，但仍掩飾不了其中的挑釁意味。

「那好。我們再往前一點，掉頭之後就換你掌舵。」

這是在拖延，他暗想。決心不夠堅定，把危機往後推遲，這想必是你最後的機會；若勢在必行，行必有果，速戰速決才是上策[23]，但兩種情況很不一樣。我好奇那頭的漁夫用的是什麼餌，我的釣竿上也裝了餌，等著讓喬治·瑞特利上鉤受死。

兩人的位置現在翻轉了。換成菲利斯心驚膽戰，雖然手不再動來動去，全身卻僵硬無比。反觀喬治又恢復之前的說說笑笑，還有高傲自大、蠻橫不講理的態度——若是湯瑪士·哈代筆下那種無所不在、無所不知的觀察者也參與這趟奇異旅程，想必會這麼認爲。菲利斯發現他標記的行動地點（右岸那頭的一叢榆樹）已經落在後面。他咬緊牙關，大動作一轉把船掉頭，仍然不自覺地隨時注意左舷船頭吹來的強風。船身激起的漩渦嘲弄似地對他輕笑，他語調一轉、上氣不接下氣地對喬治說話，但不敢直視他的眼神。

「好了，換你掌舵。主帆保持張開，就像現在這樣。我去前面把中央板拉起來，這樣船比較好跑，可以減少水的阻力。」

即使在說話時，他都有種風已經減弱、四周安靜下來、爲了聽聽他要說什麼並耐心等待結果的怪異感覺。大自然似乎屏住呼吸，寂靜之中他的聲音就像沙漠瞭望台上發出的怒吼。接著他漸漸發現這片駭人的寂靜不是因爲風平浪靜，而是喬治全身散發出寒霧一般的冰冷氣息。中央板，他想起來了，我說我要去前面拉起中央板。但他卻還坐在船尾，彷彿被喬治的眼神釘在原地。他感覺得到那雙眼睛在他身上鑿出兩個洞。他強迫自己抬起頭跟喬治四目相對。喬治的身體似乎膨脹起來且大幅前進，像惡夢中的生物。但實際上當然只是因爲喬治悄悄移到船尾，坐到他旁邊。喬治的眼中有種狡猾、毫不掩飾的得意神情。他舔舔肥厚的嘴唇，好聲好氣地說：「很好，小子。讓一讓，換我掌舵。」聲音一低，變成尖銳的細語。「但休想我照著你打的如意算盤走。」

「如意算盤？」菲利斯還沒反應過來。「什麼意思？」

喬治勃然大怒高聲吼道：「什麼意思你很清楚，你這個卑鄙無恥、不安好心的老狐狸！」接著又壓低聲音說：「今天我把你的寶貝日記寄給我的律師了。午餐之後我叫你去備船就是爲了搞定這件小事。只要我有什麼三長兩短，律師就會打開那本日記，採取必要的措施。所以，如果你害我在這趟航行中溺死，你只會更加不幸，你說是吧？是吧？」

23 語出《馬克白》。

菲利斯．蘭恩撇開臉，猛吞口水，雖然想開口卻發不出聲音，抓住舵桿的手用力到指節發白。

「謊話連篇的舌頭打結了嗎？」喬治接著說。「還有爪子也是。是啊，我想我們已經讓小貓咪沒辦法再耀武揚威。以爲自己很了不起，遠遠比我們其他人都聰明是吧？我看你是聰明過頭了。」

「有必要弄得這麼戲劇化嗎？」菲利斯低喃。

「你要是敢輕舉妄動，老狐狸，別怪我打斷你的牙。反正我本來就很想把它打斷。」喬治恐嚇道。

「所以你要自己把船開回去？」

喬治惡狠狠地看著他，然後咧嘴笑。「好主意，就這麼辦好了。回到陸地上我隨時可以打斷你的牙。」

他把菲利斯推開，伸手抓住舵。船迅速順風而下，飛速掠過兩岸。菲利斯彷彿失了神。他仍然抓著主帆，同時持續留意著帆後緣，因爲帆只要撐起就有轉帆改向的危險。

「怎麼，你不是最好開始做什麼了嗎？我們離水閘只剩一半距離。還是你決定不把我溺死了？」菲利斯無可奈何、認輸似地聳了聳一邊肩膀。喬治冷笑道：「不了？我想也是。沒膽了是吧？還想保住你那顆醜陋的腦袋。我想事到如今你也沒膽子蠻幹到底，承擔後果了。讓我料中了。我還眞會猜測人的心理，不是嗎？……如果你不說話，就讓我來說好了。」

喬治接著解釋菲利斯有天午餐說的話如何挑起自己對他正在寫的「偵探小說」的好奇，所以某天下午趁菲利斯不在時溜進客房，找出藏起來的日記讀了一遍。他說之前他就隱約覺得菲利斯很可疑，那本日記證明他的懷疑其來有自。

「現在你進退兩難了，」他總結，「從現在開始你別想亂來，小貓咪，走每一步都要非常非常小心。」

「你什麼也不能做。」菲利斯繃著臉說。

「哦，是嗎？法律我不是很懂，但你那本日記就足以讓我指控你企圖謀殺。」

喬治每一次說到「日記」就會頓住，然後猛吐口水般吐出這兩個字，彷彿它是哽住他喉嚨的東西。他顯然無法認同日記裡對他的人格分析。菲利斯悶不吭聲似乎讓他更火。他又開始咒罵同伴，不像之前那樣毫不留情，而是用發牢騷、驚訝又不敢置信的字眼，幾乎像在抱怨鄰居的收音機吵得他整晚沒睡。

當喬治又要開始義憤塡膺地數落他時，菲利斯插嘴道：「那你希望怎麼做？」

「我很想把你的日記交給警察。應該要這麼做。但那當然會讓莉娜還有……所有人都很心痛。所以我說不定會考慮把日記賣給你。你不是很有錢嗎？想出個價嗎？價錢當然要夠漂亮才行。」

「別傻了。」菲利斯的回答出乎意料。喬治的頭一扭，不敢相信地瞪著眼前的小個頭男人。

「什……你說什麼？這話是什麼意思？」

「我說別傻了。你明知道自己不可能把我的日記交給警察……」

喬治投給他一個戒愼而算計的眼神。菲利斯頹喪地坐在船尾，手僵硬地放在橫坐板上，兩眼發直望著主帆。喬治循著他的視線看去，一瞬間以為會有什麼東西從彎曲、鼓起的帆後面猛然撲向他。

菲利斯接著說，「……因爲你不會希望警察依過失殺人罪將你逮捕。」

喬治眨眨眼，陰沉的臉漲紅。他一時因爲打敗眼前的陰險對手而得意忘形，也因度過了生命危險而如釋重負，甚至想到還能用日記賺一筆錢而幸災樂禍，竟然忽略了日記上的內容，也就是菲利斯知道的危險祕密。他的手指抽搐，只想掐住同伴的脖子，戳他的眼睛，狠狠修理這個可惡的騙子。這會兒對方似乎先他一步出手，爲自己扭轉乾坤。

「你拿不出證據。」他凶狠地說。

菲利斯冷冷地回應：「你撞死馬丁，你害死我兒子。我不打算把日記買回來，也不認爲應該助長敲詐勒索這種事。你想把日記交給警察請便。你知道過失殺人要坐很久的牢吧？你不可能靠謊言逃掉的。就算可以，莉娜也撐不了太久。我的朋友，你插翅難飛了。」

喬治兩邊太陽穴的血管都鼓起來，緊握的拳頭愈舉愈高。菲利斯趕緊說：「我不會輕舉妄動，不然眞的可能出意外。稍微克制情緒對你有益無害。」

喬治．瑞特利突然爆出的一連串髒話，把在河邊垂釣的某個漁夫嚇得回過神，心想那傢伙一定是被黃蜂螫了，今年的黃蜂很猖獗，聽他們說，前幾天有支郡球隊的隊員在當外野手時被叮了。那個小個子男人似乎不怎麼擔心，眞不知道他這樣把船開來開去有什麼樂趣，要我就喜歡舒舒服服坐在自動船上，船艙放一箱啤酒。

「……你滾出我家，別再踏進門，」喬治大喊。「要是今天過後再讓我看到你，我就把你揍成肉醬。我就——」

「可是我的行李？」菲利斯低聲下氣地問。「我得回去打包。」

「不准你再踏進我家，聽到了沒？莉娜可以幫你打包。」喬治的臉上掠過一抹狡猾的表情。「莉娜。我很好奇，她要是知道你對她獻殷勤只是爲了接近我會怎麼說。」

「別把她扯進來。」菲利斯對自己苦笑，怪自己被喬治的誇張行爲影響。他只覺得精疲力盡、傷痕累累。謝天謝地，他們再一分鐘就會抵達水閘，他就可以把喬治送上岸。船開到彎道時，他放下舵桿，拉起主帆。帆桁轉向右舷，船轉個彎就往下沉。他把舵柄用力往上扳，船又轉回原來的方向。做這些動作的他是眞實存在的，其餘的都是夢。從左舷船首往上看，可見水閘看守人的花園裡一排排耀眼的花朵。他覺得鬱悶又孤單。莉娜。他不敢去想未來。如今，未來已經從他手中溜走。

「會的，」喬治說，「我保證一定會讓莉娜知道你是個卑鄙小人。你們兩個之間就玩完了。」

「別太快告訴她，」菲利斯無力地說，「不然她可能不願意幫我打包，那你就得自己來，那豈不是很慘？逃過一劫的被害人還要替計畫失敗的凶手打包。」

「眞想不通你怎麼還能坐在這裡耍嘴皮子。難道你不知道——」

「好好好。我們兩個都聰明過了頭。到此爲止吧。你害馬丁送命，而我差一點要了你的命，所以說你贏了。」

「看在老天分上閉上你的嘴，你這個冷血的怪胎！我再也受不了看到你那張臉。讓我離開這條該死的船。」

「好。水閘到了，你在這裡下船。讓一讓，我得放下主帆。你可以把我的東西送到釣手旅館。對了，要我在你的訪客登記簿上留言嗎？」

喬治突然間又怒火中燒，正要破口大罵，菲利斯就指著逐漸走近的水閘看守人說：「別讓傭人看笑話，喬治。」

「兩位先生航行愉快嗎？」水閘看守人問。「哦，瑞特利先生，你要在這裡下船嗎？」

但喬治．瑞特利已經爬出船，快速從他身旁推擠而過，一語不發地快步穿過五彩繽紛的整齊花園，巨大的身軀像戰車龐然逼近花朵，怒氣沖沖地從花圃直穿而過，踩爛一地的紅亞麻。

水閘看守人目瞪口呆地看著他，口中的陶土菸斗掉到石頭岸邊摔個粉碎。「嘿！先生！」最後他用受傷而不確定的聲音喊，「小心我的花啊，先生！」但喬治理都不理。菲利斯看著他的寬背往鎮上的方向遠去，還有他切過滿目驚詫的鮮豔花叢留下的長長足印。那是他最後一次看到喬治·瑞特利。

第二部　這使我死亡的身體

1

奈丘．史川吉威坐在扶手椅上。這是他跟喬琪雅兩年前結婚後遷入的公寓。窗外是十七世紀倫敦廣場，少數尚未改建成不必要精品店和富翁金屋藏嬌高級公寓的地方，方方正正，高尚古典。他膝上攤著一顆朱紅色的大坐墊，坐墊上是一本攤開的書，一邊立著精巧又昂貴的書架，是喬琪雅去年送他的生日禮物。喬琪雅到公園去了，所以這會兒他才能重拾往日的閱讀習慣，舒服地偎著坐墊看書。

然而，他很快就把書和坐墊推到地上，累得再也看不下字。上將那個有關收集蝴蝶的案子讓他精疲力盡、情緒低落，即使他已經得出一個成功卻令人困窘的結論。他打了個呵欠，站起來，腳步蹣跚地在房裡踱步，對壁爐架上喬琪雅從非洲帶回來的木頭神像做了個鬼臉，接著從書桌上拿了幾張筆記紙和鉛筆又癱回椅子。

二十分鐘後喬琪雅走進房間，看見他寫文章寫得渾然忘我。

「你在寫什麼？」她問。

「一篇通俗的知識性文章。Favete linguis[24]。」

「意思是要我靜靜坐著，直到你寫完？還是你想要我去你耳朵後面呼吸？」

「前一個比較好。我正在跟我的潛意識密談，相當療癒。」

「介意我抽菸嗎？」

「請便。不用拘束。」

五分鐘後，奈丘拿給她一張筆記紙。「我很好奇這些問題妳能回答幾個？」

喬琪雅接過那張紙，唸出上面的筆記。

1. 花言巧語要多到什麼程度，人才知道花言巧語不可信？
2. 「獅子的沒奶奶媽」是誰或是什麼？
3. 九偉人偉大在哪裡？
4. 你知道邦格斯坦先生哪些事？你不知道彼翁·波里士奈特哪些事？
5. 你寫過信給報章雜誌探討蘆葦爆開、變成一個大毛球的事嗎？為什麼？

6. 誰是希維雅？
7. 及時的幾針可以補救十針？
8. Eivsteïv的第三人稱複數過去完成式是什麼？
9. 尤利烏斯・凱撒的中間名是什麼？
10. 一顆魚丸不能做什麼？
11. 說出第一次在熱氣球裡用散彈槍決鬥的人是誰？
12. 說出以下組合沒在熱氣球裡用散彈槍決鬥的原因：里德和史考特、索多和馬恩、小加圖和老加圖、你跟我。[25]
13. 農業大臣和漁業大臣有何不同？
14. 九尾貓[26]有幾條命？

24 Favete linguis為拉丁文。意指：安靜、別說話。
25 Liddell and Scott是《希英詞典》的別稱；Sodor and Man為英格蘭教會的某教區；老加圖是古羅馬將軍，小加圖是他的曾孫。
26 又稱九尾鞭，英國的一種刑具。

15. 老軍團的小子在哪裡？用簡易素描畫出來。
16. 應該要忘掉老相識嗎？[27]
17. 「詩出自吾等愚人之手。[28]」反駁這句話，如果你想。
18. 你相信有小仙子嗎？[29]
19. 以下這些話是哪些運動明星說的？a. 我會再次把那個花花公子剁成碎片。b. 看我這個藝術家是怎麼死的。c. 到花園裡來，莫德。d. 我這輩子從沒受過這種羞辱。e. 我會守口如瓶。
20. 說明鼠人[30]和鞋貓怪客的不同。
21. 你比較喜歡宇宙療法還是廢除國教？
22. 「屁股」被譯成多少種語言？

喬琪雅拿著紙對奈丘皺起鼻子。

「受過古典教育的薰陶一定是件可怕的事。」她幽幽地說。

「對。」

「你真的需要度個假，是吧？」

「嗯。」

「我們或許可以飛去西藏幾個月。」

「我寧可去霍夫[31]。我不喜歡犛牛奶，或是陌生的地方，或是llama。」

「你又沒看過lama，真不知道你怎麼能說不喜歡。」

「真見到我應該會更不喜歡。牠們身上有蝨，用牠們的毛做成的外套也都是娘娘腔在穿的。」

「哦，那你說的應該是羊駝。我說的是喇嘛。」

「我說的就是那個。Llama。」

電話鈴聲響起，喬琪雅走過去接。奈丘看著她的動作。她的身體像貓一樣敏捷輕巧，他百看不膩，得跟她在同一個房間才會感覺到身體隨之輕盈起來，還有那猴

---

27 蘇格蘭名謠的一句歌詞。

28 出自美國詩人 Joyce Kilmer 的名詩。

29 出自小說《彼得潘》。

30 sooterkin，傳說愛爾蘭婦女會產下這種怪物。

31 英格蘭南岸的城鎮。

子一般的愁眉苦臉跟她散發野性的優雅身軀有多大的反差。她喜歡用紅黃綠這類色彩鮮豔的衣服裝扮自己。

「我是喬琪雅．史川吉威……哦，是你啊，麥克，你好嗎？牛津那裡怎麼樣？……是，他在……給他的工作？不行，麥克，他不能……不行，他累壞了……很棘手的案子……眞的不行，他腦袋有點疲乏……剛剛還問了些奇奇怪怪的問題，而且……對，我知道提這個例子不太恰當，但是我們要出門度假了，所以……生死攸關的事？親愛的麥克，你的用字還眞怪。好吧，他要跟你說。」

喬琪雅把話筒遞給他，奈丘一說就說了很久。掛掉電話之後，他把喬琪雅抱起來，在空中轉了一圈又一圈。

他把她放在椅子上之後，她說：「我想你這樣興高采烈就表示有人殺了人，而你打算去調查這起命案。」

「沒錯，」奈丘激動地說。「狀況確實很特殊。對方是麥克的朋友，名叫法蘭克．卡恩斯，顯然就是寫偵探小說的菲利斯．蘭恩。他打算殺了某個傢伙但沒成功，那傢伙卻眞的死了，中了番木鱉鹼的毒。這位卡恩斯要我去證明凶手不是他。」

「我才不信，騙人的吧。嘿，如果你堅持，我可以跟你一起去霍夫。你現在不適合再接工作。」

「我一定得接。麥克說卡恩斯是個正人君子，現在他的處境很危險。再說，格洛斯特郡也很適合散散心。」

「跑去殺人算什麼正人君子。別管他了，把這件事忘了。」

「其實他這麼做是有理由的。對方開車撞死了卡恩斯的兒子，因爲警方沒逮到人，卡恩斯就自己出馬，結果——」

「有意思，這種事很少見。這個叫卡恩斯的肯定瘋了。要是他想殺的人被別人殺了，他何必要把整件事說出來？」

「麥克說他寫了一本日記，到火車上我再告訴妳細節。塞文橋。ABC鐵路指南到哪去了？」

喬琪雅憂鬱而深長地看了他一眼，輕咬著下唇，接著轉身打開書桌的一個抽屜，拿出鐵路指南開始翻閱。

2

身材瘦小、留著鬍子的男人在釣手旅館的大廳朝著他們走過來。奈丘對他的第一印象是：此人雖然讓自己陷入天大災難，卻異常鎮定。他俐落地跟他們握握手，用難爲情的淡淡笑容瞥了他們一眼又別開眼神，眉毛微微一挑略表歉意，彷彿暗自在心中請他們原諒爲了這麼一點瑣碎小事要他們大老遠跑來。他們稍微聊了一下。

「兩位能過來實在太好了，」菲利斯說，「這種情況實在——」

「這樣吧，用過晚餐我們再談。內人這趟路累壞了，我先帶她上樓休息。」

喬琪雅體力驚人，之前也曾遠征過沙漠和叢林並歷險歸來。事實上，她是當代最著名的三大女性探險家之一，但聽到奈丘在人前撒謊，她的眼皮眨都不眨一下。直到走進房間，只剩他們夫婦倆，她才轉向他咧嘴問：「所以我『累壞了』是吧？從一個身心都快累垮的男士口中聽到這句話，感覺挺不錯的。所以這樣掛心弱小女子是爲哪樁？」

奈丘捧起她的臉，雖然頭上包著鮮豔的絲質手帕也依然明亮動人。他輕輕捏了捏她的耳朵並親吻了她。

「我們可不能讓卡恩斯認爲妳很強悍。我親愛的，妳得是個女性化的女人，一個溫柔和善、百依百順、可以讓他傾吐心事的女人。」

「偉大的史川吉威二人組出動了！」她戲謔地說。「你啊，還眞是會見縫插針，但我不懂爲什麼要把我扯進去。」

「妳覺得他怎麼樣？」奈丘問。

「很深沉，我覺得。教養很好，高度警覺。獨居太久——他跟你說話時避不看你的樣子，看起來好像更習慣跟自己說話。品味高雅，老小姐脾氣。喜歡想像自己不用依靠他人，不用跟社會接觸，但實際上對大眾輿論和竊竊私語十分敏感。現在他當然跟跳跳豆一樣敏感緊繃，所以很難判斷。」

「敏感緊繃？我倒覺得他相當冷靜。」

「哦，親愛的，你錯了，他極力在壓抑自己的情緒。你沒注意到嗎？每次對話結束，沒有東西分散他的注意力時，他的眼神就會發慌。我記得有一晚我們在月亮山脈紮營，因爲散步走太遠，不小心在灌木叢裡迷了一小時的路，路上遇到一個傢伙就是那種表情。」

「羅伯特．楊要是有留鬍子，就跟卡恩斯很像。我還是希望兇手不是他，他看起來是個討人喜歡的小個子。妳確定妳不想在晚餐之前躺一下嗎？」

「不用了，去你的。我告訴你，我可不要插手管你的案子。你做事的方法我很清楚，我不喜歡。」

「我敢跟妳打賭，不出兩天妳就會跳進來，誰叫妳感情豐富——」

「賭就賭。」

晚餐之後，奈丘依約去到菲利斯的房間。菲利斯替客人倒咖啡、遞香菸時仔細打量了對方。他眼中看到的是一個三十歲出頭、高高瘦瘦的年輕人，身上的衣服和淡黃色頭髮不太整齊，看起來像在火車站候車室椅子上不舒服地睡了一覺剛醒過來。臉色蒼白，有點鬆垮，但異常稚氣的五官跟睿智的淡藍色眼睛形成對比。那雙眼睛此刻定定看著他，看得他坐立難安，眼神給人一種對世上每件事都保留意見、不妄下定論的印象。此外，奈丘．史川吉威那種客氣、熱心，幾乎帶有保護意味的態度，一瞬間讓菲利斯莫名覺得不祥。熱切和興味盎然可能是科學家對實驗對象所持的態度，他心想，但在這之下卻是不帶人性的客觀中立。奈丘是少數證明自己錯了也不會有絲毫悔恨的人。

菲利斯有點驚訝自己似乎已經摸清來客，目前這種危險的處境想必讓他的感官變得敏銳。他斜著嘴淡淡笑道：

「誰能救我脫離這使我死亡的身體[32]？」

「聖保羅，如果我記得沒錯的話。你最好把來龍去脈說給我聽。」

於是菲利斯照著他寫在日記上的內容重點整理給奈丘：馬丁的死、他對復仇計畫日漸著迷、算盡心機再加上因緣巧合讓他找上喬治．瑞特利、溺死喬治的計畫、最後一刻情勢逆轉等等。奈丘一直靜靜坐著，低頭看鞋尖，直到此刻才插嘴：

「他為什麼這麼晚才突然說出已經發現你的詭計？」

「我也無法確定，」菲利斯頓了頓才說。「我敢說一部分是他在玩貓捉老鼠的遊戲，他明顯是個虐待狂。一部分或許是因為他想確認我會貫徹我的計畫。我是說，他不可能想跟我攤牌，因為他知道這樣就逃不過過失殺人的罪名。但我也不確定。其實他在船上還想勒索我，說要把日記賣給我。當我說他絕不敢把日記交給警

32 出自《羅馬書》第七章第二十四節。指明知該行善卻又要作惡的身體。

方時，他似乎嚇了一大跳。」

「嗯。接下來呢？」

「我直接回到旅館這裡。喬治說要把我的行李送來。他不希望我再踏進他家家門一步，不難理解。這些都是昨天發生的事。十點半左右莉娜打電話來通知我喬治死了。當下我天旋地轉，你可以想像。他吃完晚飯就突然不舒服。莉娜跟我描述了症狀，我聽起來完全就像是中了番木鱉鹼的毒。我直接前往瑞特利家，醫生還在那裡並證實了我的判斷。這下我可慘了。因爲我的日記在他的律師手中，只要他有個三長兩短就會被打開。上面寫著我打算謀殺喬治，而喬治果眞死了，對警察來說就是這麼簡單明瞭。」

菲利斯僵硬的姿勢和驚恐焦慮的眼神，違背了他幾近冷淡的沉穩語調。

「我差點要投河自盡，」他說，「眼看一切已經徹底絕望。後來我想起麥克・伊凡斯跟我提過，你曾經救他脫離類似的困境，於是我打電話給他，請他幫我聯繫你，所以現在我們才會在這裡。」

「日記的事你還沒告訴警方？」

「還沒有，我在等……」

「要立刻說。最好讓我來。」

「可以的話就麻煩你了，我寧可……」

「我們之間有件事要先說清楚。」奈丘用推敲般的客觀眼神直視菲利斯的眼睛。「就你告訴我的來看，我會說你殺了喬治．瑞特利的可能性微乎其微，而我也會竭盡所能證明你的清白。但萬一凶手眞的是你，而我的調查也使我相信如此，那麼我也不會試圖隱瞞事實。」

「聽起來很合理，」菲利斯似笑非笑地說。「我寫過不少業餘偵探，能親眼見識眞正的偵探怎麼辦案，想必很有趣。」他語調一轉，「天啊，這太可怕了。這六個月以來我一定是瘋了。我的馬丁。我一直在想，要是喬治沒有……我會不會眞的把他推進河裡，害他淹死……」

「別擔心，你沒有這麼做，這才是重點。覆水難收，悔恨無益。」

比起同情，奈丘冷酷卻不失和善的語調更能讓菲利斯恢復平靜。

「你說的對，」他說。「就算我殺了喬治，也不該有一絲良心不安。他是個不折不扣的人渣。」

「對了，」奈丘問，「你怎麼知道他不是自殺？」

菲利斯臉色一驚。「自殺？我從沒想過……我是說，一直以來我只想殺了他，從沒想過可能是自殺。不，不可能的。他這個人太遲鈍、太自大，不可能……再說，爲什麼要？」

「那麼你認爲誰可能會殺他？附近有沒有這樣的人？」

「史川吉威先生，」菲利斯不太自在地說道，「你不能要頭號嫌疑犯開始抹黑其他人。」

「公平競爭規則在這裡不適用。你不能對我展現騎士風範，那樣做的風險實在太大了。」

「那樣的話，我會說跟喬治有關的人都可能是凶手。他欺壓他太太和他兒子菲爾，可惡到難以形容。他也玩弄女人。他唯一沒欺負也傷害不了的人是他母親，而她則是個冷酷無情的老巫婆。你想要聽我描述所有這些人嗎？」

「不，至少時候還未到。我希望我對這些人先形成自己的印象。我想今晚沒別的事要忙了。走吧，去跟我內人說說話。」

「哦，對了，還有一件事。那個孩子菲爾，他是個好孩子，今年才十二歲。如果可以，我們應該讓他暫時離開那個家。他本來就容易緊張不安，這件事可能會讓他情緒崩潰。我不想自己跟費歐拉開口，畢竟她很快就會發現我的事。我在想，或許尊夫人可以……」

「我想可以安排一下。明天我得找瑞特利太太談一談。」

3

隔天早上抵達瑞特利家時，奈丘看見一名警察靠著柵門，冷冷地望著對街一名司機慌張焦急地把車從對面幾乎全空的停車場開出來。

「早安，」奈丘說，「這是……？」

「可悲啊可悲，你說可不是嗎，先生？」警察出乎他意外地說。奈丘過了幾秒才意識到，這名警察說的不是這棟屋裡最近發生的事件，而是那位駕駛的脫線行徑。塞文橋素來以民風純樸聞名，果然名不虛傳。警察對停車場那頭豎豎拇指。「他已經搞了五分鐘，」他說，「可悲啊可悲。」

奈丘同意這種情況是有幾分值得同情。接著他問能不能讓他進門，因爲他有事要找瑞特利太太。

「瑞特利太太？」

「是。這裡是她家，不是嗎？」

「啊，沒錯。眞是慘劇啊，你說是吧，先生？咱們鎮上的傑出人才，唉，上星期四才跟我聊了幾句……」

「是啊，你說的沒錯，眞是慘劇。我就是爲了這件事才來見瑞特利夫人。」

「你是這家人的朋友？」警察問，仍然整個人靠在柵門上。

「不算是，可是……」

「是記者吧，我猜到了。那你只好再等一等了，老兄。」警察說，態度不變。

「這是布勞特督察的吩咐。我在這裡就是爲了——」

「布勞特督察？哦，我跟他是老朋友。」

「他們每一個都這麼說，老兄。」警察耐著性子卻又可憐兮兮地說。

「跟他說是奈丘．史川吉威——不，把這張名片給他，我敢打賭他會說要馬上見我。」

「我不跟人打賭的——不常。那種遊戲只是白費力氣，我也不在乎給誰聽到。告訴你，我在德比賽馬場小賭了一下，但我說……」

經過五分多鐘的消極抵抗，警察終於答應把奈丘的名片拿給布勞特督察看看。他們這麼快就跟蘇格蘭場聯絡了，奈丘邊等邊想著，並想像著跟布勞特再度相逢的場景。他心情複雜地回想上次跟這位面無表情、鐵石心腸的蘇格蘭人交手的過程。

當時奈丘就像希臘神話裡的帕修斯，喬琪雅則是安朵美達，而布勞特險些就要扮演海怪一角[33]。當初那位傳奇飛行員費古．歐布萊恩，也是在查康柏這個地方交給奈丘偵探生涯中最棘手的問題。

後來有個稍微不那麼多話的警員來帶奈丘進屋。只見布勞特坐在一張書桌後面（也是奈丘對他最深刻的印象），活脫脫像是一個銀行經理就透支問題找客戶問話。禿頭，金框夾鼻眼鏡，光滑的臉，素樸黑西裝透露一股富貴氣，老練又體面。他看起來跟奈丘過去再熟悉不過的冷酷罪犯獵人相去天淵。幸好他還有幽默感，但不是彭斯晚宴[34]的那種幽默，而是烈酒下肚的那種。

「史川吉威先生，眞是意外之喜，」他說著，起身如教皇般伸出手。「尊夫人都好嗎？」

「很好，謝謝。事實上，她跟我一起來了。好個家族聚會，還是應該說禿鷹聚會[35]？」

布勞特督察的眼睛冷若冰霜地閃了一下。「禿鷹？史川吉威先生，你不會是要告訴我，你又扯進犯罪事件裡了？」

「恐怕是。」

「這下可不是——那好吧！你是不是要對我透露一些意外的消息？你臉上寫得一清二楚。」

奈丘故意拖延時間。他一向不反對出出風頭，但如果最後一句台詞精彩絕倫，他會想沉住氣慢慢來。

「所以說這是一起犯罪事件？」他問。「我是指謀殺，而不是你說的不值錢的自殺。」

「自殺呢，」布勞特開示一般地說，「通常是不會把毒藥瓶連同毒藥一起吞下肚子。」

「你是說，凶器或不管你叫它什麼，不見了？能否請你把一切說給我聽？目前爲止我對瑞特利的死一無所知。我只知道有個名叫菲利斯·蘭恩的傢伙住在這裡，他的眞名叫法蘭克·卡恩斯，我猜你也知道。但大家都習慣叫他『菲利斯』，所以

33 帕修斯從海怪手中救出遭海神懲罰綑綁在岩石上的安朵美達。
34 紀念蘇格蘭詩人 Robert Burns 而舉辦的晚宴，後來成為英國的一項傳統。
35 語出《馬太福音》第二十四章第二十八節。「屍首在哪裡，禿鷹也會聚在那裡。」

我們以後最好乾脆叫他菲利斯．卡恩斯。總之，這傢伙意圖謀殺喬治．瑞特利，但根據他本人的說法，最後他沒有得逞，所以肯定有另一個人跳進來借刀殺人。」

布勞特督察聽到這個意外發展仍神色自若，薑不愧是老的辣。他小心翼翼摘下夾鼻眼鏡，吹吹鏡片再擦拭乾淨，然後戴回鼻梁。接著他說：

「菲利斯．卡恩斯嗎？是，是，留鬍子的那個小個子男人。他是寫偵探小說的不是嗎？這可有趣了。」

他用微微縱容的眼神瞥了眼奈丘。

「要擲銅板決定誰先開局嗎？」奈丘問。

「你不會是要代表這位卡恩斯先生吧？」布勞特督察踩著細小卻很穩固的步伐。

「對。直到證明他有罪，那是當然的。」

「嗯哼，我懂了。而你相信他無罪。我想你最好先把牌攤在桌上。」

於是奈丘大概說了菲利斯的自白，說到菲利斯打算溺死喬治．瑞特利的計畫時，布勞特第一次沒藏好自己的興奮。

「死者的律師剛剛打電話來，說他們那裡有樣東西，我們可能會感興趣。毋庸置疑就是你說的那本日記。這對你的……委託人非常不利，史川吉威先生。」

「別說得太早，看過才知道。我還不敢說日記能不能救他。」

「總之，他們要特別派人送來，所以很快就會見分曉了。」

「我還不想爲此爭辯。你先告訴我目前的狀況。」

布勞特督察從桌上拿起一支尺，瞇上一邊眼睛沿著尺身看過去，接著突然坐直，用銳利無比的聲音娓娓道來。

「喬治．瑞特利中了番木鱉鹼的毒。驗屍中午前會完成，在那之前不能擴大解釋。他、瑞特利夫人、莉娜．羅森、他母親瑞特利老夫人，還有他兒子菲爾一起吃了晚飯，吃的食物都一樣。死者和他母親喝了佐餐酒威士忌，其他人喝水。除了他，沒有人有任何不適。他們大約在八點十五分離開餐桌，女眷和小男孩先離席，死者一分鐘後才接著離開。大家都聚集到客廳，除了菲力普少爺。喬治．瑞特利十到十五分鐘後突然痛到不行，女人家都驚慌失措，可憐啊。她們餵他吃芥末水催吐，卻只讓他痛得更厲害；那些症狀當然相當嚇人。她們叫的第一個醫生也是家族的家庭醫生，剛好趕去其他車禍現場，等她們找到第二個醫生時已經爲時已晚。克拉森醫師去幫人接生，快十點才抵達。他使用一般的氯仿療法，但瑞特利當時已經回天乏術，五到十分鐘之後就斷氣。細節我就不說了。不過，我確信死者不可能是經由晚餐的食物或飲料服下毒藥。再說，番木鱉鹼中毒很少超過一小時才發作。瑞特利一家人在七點十五分坐下來用餐，因此瑞特利不太可能在晚餐之前就服下毒藥。所以就只剩下其他人離開飯廳到瑞特利去客廳跟他們會合之間的一分鐘。」

「咖啡？紅酒？不對，不可能是紅酒。沒人吞得下去，番木鱉鹼有種苦味，除非有心理準備會喝到苦的東西，不然誰都會馬上吐出來。」

「沒錯。而且瑞特利家禮拜六晚上沒喝咖啡，因爲女傭打破了咖啡壺。」

「在我聽來很像自殺。」

布勞特督察的表情洩露了一絲不耐。「親愛的史川吉威先生，」他說，「自殺的人不會服毒之後再走進客廳，回到家人身邊，讓所有人眼睜睜看著毒在他身上發作。二來，寇斯比找不到他服毒的痕跡。」

「晚餐的東西都洗過了？」

「玻璃杯和銀器，但碗盤沒有全部。提醒你，寇斯比有可能漏掉了什麼，他是地方警察。我自己是今天早上才抵達，不過……」

「你知道卡恩斯在事發當天下午離開後就沒再進過這間屋子？」

「眞的？你有證據嗎？」

「沒有，」奈丘有點吃驚地說。「目前還沒有。他跟我說，在船上攤牌之後，瑞特利就不准他再回到這裡，連打包都不行。反正要證實並非不可能。」

「或許，」布勞特謹慎回應，手指敲著書桌。「我想……好吧，我想我們或許該再去飯廳看看。」

4

那房間幽暗陰沉，塞滿了維多利亞式的胡桃木家具，桌子、椅子和巨大的餐具櫃。一看就知道是爲更大的房間而設計的，散發著飲食過量和無趣對話的氣息。這種飽食、擁擠的主題一直延續到厚重的紫紅色絲絨窗簾、褪了色但仍然嚇人的暗紅色壁紙，還有牆上掛的油畫。一幅畫是一隻狐狸狼吞虎嚥吃下開膛破肚的野兔（非常寫實）。另一幅是多到不可思議的漁獲，龍蝦、螃蟹、鰻魚、鱈魚、鮭魚應有盡有，滿滿擺在大理石板上。還有一幅是先人的肖像，一看就知道是死於中風或營養過剩。

「寧靜中回憶的饕餮[36]。」奈丘喃喃自語，直覺地四下尋找蘇打水的瓶子。布勞特督察站在餐具櫃前，邊摸著蠟黃色檯面邊沉吟。

「過來看看這個，史川吉威先生。」他指著一圈黏漬說。那種黏漬就像藥瓶的藥水滴到瓶底之後留下的黏漬。布勞特舔舔手指。

「這樣的話，」他說，「我很好奇……」

他不慌不忙拿出一條白色絲質手帕，擦擦手指，才按下電鈴按鈕。有個女人隨即出現，無疑就是女傭。僵硬的袖口和老派的高筒白帽讓她看起來一臉古板不悅。

「你按鈴了嗎，先生？」她問。

「是。告訴我，安妮……」

「麥瑞特。」她噘起薄薄的嘴唇，對大膽直呼女傭名字的警察表達了不滿。

「麥瑞特？請告訴我，麥瑞特小姐，這裡怎麼會有一圈黏漬？」

女傭眼睛低垂，頭也不抬，如修女般莊重地說：

「是老爺……死去老爺的通寧水。」

「是嗎，嗯哼。那麼瓶子到哪裡去了？」

「我不清楚，先生。」

再三追問之後，麥瑞特表示她最後一次看到藥瓶是星期六午餐之後，但她沒注意晚餐結束收拾餐桌時藥瓶還在不在那裡。

「他是用玻璃杯還是湯匙服藥？」

36 戲擬英國浪漫主義詩人華滋華斯的詩句，原句是「寧靜中回憶的情感」。

「用湯匙，先生。」

「星期六晚餐過後，妳把湯匙連同其他碗盤一起洗了？」

麥瑞特表情微慍。「我沒有洗，」她冷冷地強調，「只有收走。」

「妳有把妳家老爺用來喝通寧水的湯匙一起收走嗎？」布勞特耐著性子問。

「這是在上法文課嗎。」奈丘竊笑道。

「有，先生。」

「湯匙後來洗了？」

「是的，先生。」

「可惜了。讓我想想……可以麻煩妳去請女主人來嗎？」

「老夫人現在不太舒服，先生。」

「我是指……也許更好……麻煩妳問羅森小姐能不能占用她幾分鐘時間。」

女傭走出去後，奈丘說：「不難聽得出來這個家的女主人是誰。」

「眞有意思。這東西嚐起來像我喝過的一種含有馬錢子[37]的通寧水。」

「馬錢子？」奈丘吹了聲口哨。「那就難怪他沒注意到苦味。而且他比其他人晚一分鐘離開飯廳。你似乎找到了一些線索。」

布勞特狡猾地看他一眼。「現在還堅持是自殺嗎，史川吉威先生？」

「如果毒眞的摻在藥瓶裡的話，就不大可能。但凶手把藥瓶丟掉也很奇怪，白白毀了看似自殺的機會。」

「凶手會做出各種奇奇怪怪的事，你想否認也難。」

「不過，這似乎就免除了菲利斯・卡恩斯的嫌疑。也就是說，如果——」

聽到門外傳來腳步聲，奈丘突然停住。走進門的女孩雖然令人意外，但出現在這陰暗的房間裡也不算突兀，彷彿一道陽光斜斜射進牢房。淡金色頭髮、白色亞麻套裝、臉上鮮豔的妝，全都在反抗這房間代表的一切——生死都包括在內。就算菲利斯沒事先告訴他，奈丘從她進門後的小小停頓、她走去坐布勞特督察指的位子時裝出的自然從容，也看得出她是演員。布勞特向她介紹自己和奈丘，並爲她和她姊姊致上慰問。莉娜很敷衍地垂了一下頭，明顯跟督察一樣急著要言歸正傳。除了心裡著急，也害怕聽到結果，奈丘暗忖，注意到她的手指一直玩弄著外套上的鈕釦，眼中一片眞誠。

37 又稱番木鱉，內含番木鱉鹼。

布勞特耐心地發問，從一個面向轉到另一個面向，像醫生在爲病人觸診，等著找到痛點，發現病灶。是的，她姊夫第一次抽搐時羅森小姐也在房間裡。沒有，幸好菲爾不在現場，他應該是晚餐後就直接上樓了。他們離開飯廳之後她做了什麼？她跟其他人在一起，直到喬治開始抽搐。之後喬治的母親要她去拿些芥末和水來。對，她特別記得是他母親交代她的，之後她就開始忙著打電話找醫生。沒有，抽搐暫緩時喬治沒說究竟是怎麼回事，只是躺著不動，有一、兩次好像睡著了。

「那正痛的時候呢？」

莉娜的睫毛一低，遮住眼睛，但來不及掩藏眼底的驚嚇。

「他發出淒厲的呻吟，一直叫痛，太慘了。他躺在地上，像箍環一樣蜷曲起來。我曾經開車撞到一隻貓……哦，拜託別問了，我受不了了！」

她把臉埋進雙手嗚嗚大哭。布勞特像個慈父拍拍她的肩膀，等她鎮定下來又溫柔地追問：

「正痛的時候他沒有說……例如，提起誰的名字嗎？」

「我……我多半時間都不在房間裡。」

「得了，羅森小姐，妳明知道沒必要隱瞞，畢竟妳旁邊另外兩個人想必也聽到妳聽到的話。一個痛得不行的人說的話定不了誰的罪，除非有更進一步的證據。」

「那好吧，」她忿忿地衝著他說，「他提到菲利斯，就是蘭恩先生。他說『蘭恩……之前動過手……』之類的，還把他罵得很慘。那也不代表什麼，他本來就討厭菲利斯，當時又驚慌失措，痛得無法自已。你不能——」

「別自尋煩惱了，羅森小姐。這位史川吉威先生可以讓妳放一百個心，我希望。」布勞特督察摸摸下巴，神祕兮兮地問：「妳會不會剛好知道瑞特利先生有可能爲了什麼原因自殺？財務？病痛？聽說他在服用通寧水。」

莉娜瞪著他瞧，全身僵硬，雙眼像悲劇面具上的空洞眼睛，一瞬間說不出話，之後才急急回答：

「自殺？剛剛你嚇到我了，大家都以爲他應該是吃壞肚子之類的。對，一定是自殺，我想，雖然我無法想像爲什麼……」

奈丘有種感覺，「自殺」並不是讓這女孩花容失色也毫不掩飾的關鍵字。他的直覺很快就得到證實。

「他喝的通寧水，」布勞特說，「我相信裡頭含有馬錢子？」

「這我不知道。」

「嗯。午餐之後他服用了平常的劑量嗎？」

女孩皺起眉頭。「我不是很清楚。他平常都有吃，所以如果沒有，我想我應該會發現。」

「確實。也是。相當細膩的觀察，如果妳允許我這麼說。」布勞特對她美言。他摘下夾鼻眼鏡，猶豫不決地把玩著。「是這樣的，羅森小姐，我在想藥瓶的事。藥瓶不見了，那可就棘手了，因爲我們有個想法——只是個想法，我要強調——那就是，那個藥瓶可能……呃……跟他的死有關。馬錢子的毒性屬於番木鱉鹼的一種，瑞特利先生可能多加了一點點這種毒到他的藥裡，如果他想尋短的話。但若是如此，他不太可能把瓶子也丟掉。」布勞特強自壓下心中的興奮，差點讓他幾乎消失的格拉斯哥口音再度復活。這一次莉娜不是已經管好自己臉上的表情，就是沒有其他事要隱瞞。她遲疑不決地說：

「你是指，如果喬治死後那個藥瓶還放在餐具櫃上，就能證明他是自殺？」

「也不盡然，羅森小姐，」布勞特和藹地說。接著他把嘴一撇，身體靠上前，從容而冷酷地說：「我是指，藥瓶不見了就會讓這看起來像謀殺。」

「啊。」女孩嘆道，幾乎像鬆了口氣，彷彿終於等到那個可怕的字眼，放下了懸念。她知道再也沒有更可怕的事等著她去面對。

「妳不驚訝？」布勞特語氣尖銳地問，有點被這女孩的平靜激怒。「不然我要怎麼樣？靠在你肩膀上痛哭流涕？開始啃桌腳？」

奈丘瞥見布勞特尷尬的眼神，調皮地瞅了他一眼。他喜歡看布勞特侷促不安的模樣。

「我只有一個問題，羅森小姐，」奈丘說。「聽起來可能挺可怕的，但我猜菲利斯已經告訴妳我是代表他來的。我沒有要指責妳的意思。但妳是不是懷疑過菲利斯一直都想謀殺喬治．瑞特利？」

「沒有！沒有！沒這回事！他沒有！」莉娜高舉雙手在面前揮舞，好像想把奈丘的問題推得遠遠的。接著，她臉上的恐慌被困惑的表情取代。「一直？」她慢慢說出口。「你說『一直』是什麼意思？」

「就是指從妳認識他到他來這裡之前。」奈丘的表情同樣困惑。

「沒有，他當然沒有，」女孩回答，明顯是由衷之言。接著她咬著嘴唇，大聲說：「但他沒有殺喬治，我知道。」

「一月時，喬治．瑞特利開車撞死名爲馬丁．卡恩斯的小男孩時，妳也在他的車上。」布勞特督察不無同情地說。

「哦，天啊，」莉娜輕聲說，「所以你們終究還是發現了。」她坦率地看著他們。「不是我的錯，我要他停車，而且……但他不肯。有好幾個月我一直夢到這件事。太可怕了。但我不懂，這跟……？」

「我想可以讓羅森小姐先離開了，你不認爲嗎，布勞特？」奈丘趕緊插嘴。督察撫撫下巴。

「是——也許你說的對。再一個問題就好。妳會說瑞特利先生有仇家嗎？」

「有可能。我認爲，他是那種容易樹敵的人，但我不知道是誰。」

女孩離開之後，布勞特說：「非常耐人尋味。我敢保證她知道藥瓶爲什麼消失。她很怕跟卡恩斯先生有關，但目前爲止還沒聯想到菲利斯．蘭恩，就是喬治．瑞特利撞死的男孩父親。很標緻的女孩，可惜不肯說實話。不過我們很快就會挖出眞相。是什麼讓你想問她是否懷疑過菲利斯有意謀殺瑞特利？我以爲這個時候就透露祕密有點太早？」

奈丘把香菸彈出窗外。「重點在於，要是菲利斯**沒有**殺瑞特利，我們面對的就是一個最離奇的巧合：在菲利斯打算行凶卻失敗的那天，另一個人的殺人計畫卻成功了。」

「最離奇的巧合，如你所說。」布勞特將信將疑地說。

「不，等一等。我不打算完全排除純屬巧合的可能。只要給一群猴子幾台打字機，千百年下來，猴子也寫得出莎士比亞的十四行詩。這雖然是巧合，卻同樣合乎科學。然而，要是喬治中毒身亡並非巧合，凶手也不是菲利斯，可以合理推論，有第三個人得知菲利斯的意圖，無論是看了那本日記，還是從喬治口中得知這個祕密。」

「啊，我知道你想說什麼了。」布勞特的眼睛在鏡片後方閃閃發亮。

「假設有第三個人清楚這個祕密，**也希望置喬治於死地**，得知菲利斯行凶失敗之後，這個人就自己出馬，讓喬治服下毒藥，或許是在那瓶通寧水裡下毒。因爲那本日記，他有把握嫌疑會落在菲利斯身上。但他必須馬上行動，因爲想也知道沉船計畫既已失敗，菲利斯最多只會在塞文橋再留一晚。莉娜顯然是第一個可疑人選，喬治最有可能跟她透露日記的事，因爲兩人都捲入日記上揭露的過失殺人案。但看她剛剛的表現，應該眞的還沒把菲利斯·蘭恩跟車禍身亡的小男孩聯想在一起。由此可見她不知道日記的事，因此我們可以把她從嫌犯名單上剔除，除非兩次殺人行動純屬巧合。」

「可是，如果羅森不知道日記的事，她為什麼這麼害怕兇手是卡恩斯或我們懷疑兇手是他？」

「我想要等更了解這家人之後才能找到答案。你有沒有發現，當我問她是否懷疑過菲利斯一直意圖謀殺喬治時，她滿臉困惑。那表情不是裝出來的，好像對日記一無所知，卻知道菲利斯想殺死喬治的其他動機——兩個男人打從認識之後就對彼此產生的某種敵意。」

「對，似乎有道理。我得問問這個家的每個成員是否懷疑過菲利斯——應該要說菲利斯·蘭恩，再觀察他們的反應。如果有人拿他當擋箭牌，終究會水落石出的。」

「就是這樣。對了，那個孩子菲爾，你介意我帶他到飯店住幾天嗎？內人會好好照顧他，目前這裡的環境對幼小的心靈不是很健康。」

「當然不會，請便。我得找時間問那孩子幾個問題，不過不急。」

「好。我會先問過瑞特利太太。」

5

奈丘被帶進門時，費歐拉·瑞特利正坐在桌前寫字。莉娜也在。奈丘先自我介紹並說明來意。「當然，如果妳已經安排好……不過我相信他跟蘭恩先生處得很好，而內人也很樂意略盡心意。」

「是，我了解，謝謝你的好意……」費歐拉茫然地說。她轉向莉娜比個無助的手勢，後者立著腳對著從窗戶傾瀉而下的陽光。

「妳認爲呢，妹妹？這樣妥當嗎？」

「怎麼不妥當？菲爾不該再待在這裡了。」莉娜漫不經心地說，低頭望著底下的街道。

「對，我知道。我只是在想艾瑟會——」

莉娜轉過身，朱唇激動而輕蔑。「親愛的費，」她高聲說，「妳也該開始爲自己想想了。菲爾到底是誰的小孩？誰看到喬治他母親那樣使喚妳，都會以爲妳是女傭。那個愛管閒事的老巫婆。她跟喬治害妳活在地獄裡——妳對我皺眉頭也沒用，也該讓她知道什麼時候該收手了。如果妳沒有勇氣站起來保護自己的孩子，妳倒不如也服毒自殺算了。」

費歐拉猶豫不決、粉撲得很厚的臉在顫抖。奈丘覺得她隨時會崩潰，看見長久服從的習慣和莉娜故意激出的堅強母性在她心中交戰。不一會兒她蒼白的嘴唇繃緊，黯淡的眼神一亮，下巴不自覺地微微揚起，說：「好，我會這麼做的。太感謝你了，史川吉威先生。」

門就在這時候打開，如在回應這個未說出口的挑戰。一名全身黑的老婦人沒敲門就走進來。從窗戶灑下的陽光彷彿在她腳下停止，像是讓她給硬生生殺死。

「我聽見說話聲。」老婦人粗聲說。

「對，我們在談話，」莉娜說。老婦人完全不理會她的輕浮無禮，杵在原地片刻，巨大的身軀擋住門，然後拖著沉重的步伐走到窗前拉下百葉簾，動作洩露了駭人的身軀底下有雙過短的腿，突然間就少了幾分威嚴。陽光在跟她對抗，奈丘心想。在昏暗的光線下，她又奪回自己的主導權。

「妳讓我很驚訝，費歐拉，」她說。「妳丈夫的遺體就躺在隔壁房間，而妳甚至連拉下百葉簾表示尊重都做不到。」

「可是媽——」

「是我拉開百葉簾的，」莉娜插嘴。「大家用不著坐在黑暗中，事情就夠糟了。」

「給我安靜！」

「妳休想要我安靜。如果妳想繼續欺壓費歐拉，像這十五年來妳跟喬治做的那樣，那也不關我的事。但我可要告訴妳，這個家的女主人不是妳，我不會聽妳的差遣。妳在自己房間裡想怎麼樣我管不著，但別來插手其他人的事情，妳這個可惡的老太婆！」

看著那女孩柔弱的肩膀往前挺，喉嚨如彎刀拱起，跟有如黑暗之柱站在房間中央的老婦人正面對決。奈丘心中想著：光明對抗黑暗，善神奧穆德對抗惡神阿利曼。確實，這個光明的代表已經恢復原形，但即使她庸俗，也不能說她不健康、不潔淨，她沒有像那個一身黑的可怕老人一樣，以一股樟腦臭味、僵化的禮教和腐化的權力污染這個房間。不過，最好還是插個手。奈丘和顏悅色地說：

「老夫人，我剛剛向您媳婦提議，我跟內人很樂意代為照顧菲爾幾天，直到事情釐清。」

「這個年輕人是誰？」老太太問，威嚴幾乎不受莉娜的抨擊影響。聽過解釋之後她說：「瑞特利家的人從不會逃跑。我不准。菲爾要留在這裡。」

莉娜正要開口頂嘴，奈丘就用手勢制止她。費歐拉要是現在不出聲，以後也別想出聲了。她懇求地看著妹妹，手無力地比了個手勢，接著直起低垂的肩膀，臉上英勇壯烈的表情讓模糊的五官幡然轉變。她說：

「我已經決定讓菲爾先跟史川吉威夫婦住幾天。把他留在這裡不公平，他年紀還小。」

瑞特利老夫人認輸的樣子比專橫跋扈的樣子更可怕。她動也不動地站了一會兒，直直看著費歐拉，然後就蹣跚地走向門。

「妳們聯合起來對付我，」她用大如洪鐘的聲音說。「費歐拉，我對妳的行爲非常不滿。我早就不期待妳那個妹妹的狗嘴能吐出什麼象牙，但我以爲妳那種寒酸氣早在喬治把妳撿回來之後就洗清了。」

門砰然關上。莉娜對它做了個不成體統的手勢。費歐拉半癱進她剛剛起身的椅子。空氣中飄著一股樟腦味。奈丘低頭垂眼，自動把眼前的場景印入腦海。他自我要求很高，無法否認自己有一刻眞讓老太太給嚇到。天啊，這個家眞恐怖！他心想。一個敏感的小孩要怎麼忍受這種環境。爸媽老在吵架，那個古代女家長似的老巫婆想必不斷挑撥他跟他母親，想控制他的心。思量之際，他意識到頭上傳來腳步聲。是瑞特利老夫人重而不穩的步伐。

「菲爾人呢？」他厲聲問。

「應該在他房間吧，」費歐拉說。「就在這房間上面。你要——？」

奈丘已經奪門而出，踩著無聲的步伐跑上樓去。有人在他右手邊的房間裡說話，一個陰鬱沉重、他再熟悉不過的聲音，但此刻聲音卻不再咄咄逼人，多了一絲絲懇求。

「你不會想走掉、離開奶奶吧，菲爾？你爺爺絕不會逃走，他不是懦夫。記住，你可憐的父親走了，現在你是這個家裡唯一的男人。」

「走開！走開！我討厭妳。」聲音驚慌，無力地反抗強權。奈丘想，那聲音就像是小小孩在驅趕欺近他的大型動物。他強自壓下跑進門的衝動。

「你嚇壞了，菲爾，不然不會這樣跟你可憐的奶奶說話。聽我說，孩子，你不覺得你應該留下來陪伴你母親嗎？現在只剩下她一個人孤孤單單，之後會很難熬。你知道你父親是被毒死了。被毒死了，你懂嗎？」

瑞特利老夫人的聲音愈來愈討好，像氯仿一樣有股濃重可怕的甜味。她頓了頓，房間此時傳來啜泣聲——是小孩不肯被麻醉的聲音。奈丘聽到身後響起一陣腳步聲。

「你母親需要我們所有人的幫助。你知道警察可能會發現她上禮拜跟你父親吵架時說的話，那說不定會讓他們以爲——」

「這太過分了。」奈丘低語，手按住門把。但費歐拉像一陣風從他面前衝進房內。瑞特利老夫人跪在菲爾面前，手指掐進他細瘦的臂膀。費歐拉抓住她的肩膀，想把她從男孩身上拉開，卻無異於要搬開一塊玄武岩。她俐落一揮，打落老婦人的手臂，站在她跟菲爾中間。

「妳簡直不是人！怎麼能……怎麼敢這樣對待他！沒事了，菲爾，別哭，我不會讓她再接近你。你現在安全了。」

男孩張大眼睛盯著母親，眼神疑惑又不敢置信。奈丘發現這房間空蕩蕩，沒有地毯，只有一張廉價的鐵床和一張餐桌。這想必是他父親「鍛鍊」小孩的方法。桌上放了一本攤開的集郵冊，攤開的那兩頁布滿指紋，還有淚痕。這是長久以來奈丘第一次差點情緒失控，但他知道現在跟瑞特利老夫人撕破臉划不來。老太太仍然跪在地上。

「你可以好心扶我起來嗎，史川吉威先生。」她說。處境如此尷尬，她仍然不失尊貴。好厲害的女人，奈丘邊想邊扶她站起來。這想必會是一齣精彩好戲。

6

五小時後，奈丘正在跟布勞特督察說話。菲爾．瑞特利已經安全抵達釣手旅館，這會兒剛喝完一大杯茶，正在跟喬琪雅討論極地探險。

「是番木鱉鹼沒錯。」布勞特說。

「但那是從哪裡來的？你不可能走進藥局就買到這種東西。」

「對，但可以買到老鼠藥，很多裡頭都含有相當比例的番木鱉鹼。不過我想我們的朋友也不需要去買。」

「你這話還眞有意思。你想必是指，凶手剛好是滅鼠人員的兄弟，也許是姊妹。『任何類似老鼠的聲音都會讓我的心劈啪響』，白朗寧的詩。」

「不只如此。不過，寇斯比到瑞特利的修車廠做了例行調查。那裡靠近河邊，老鼠橫行，他剛好發現辦公室有兩罐老鼠藥。任何人，也就是這個家的每個人，都可以隨便走進去拿。」

奈丘想了想。「他有問最近有人在修車廠看見菲利斯．卡恩斯嗎？」

「有。他去了一、兩次。」布勞特有點不情願地說。

「但不是在命案當天？」

「命案當天沒有人在那裡**看到**他。」

「你知道你不應該讓卡恩斯變成你的成見。要保持開放的心。」

「當一個人被殺，另一個人在白紙黑字上寫著他要殺了對方，要保持開放的心還眞是不太容易。」布勞特說，敲著擱在面前桌上大開本的筆記本。

「依我看，卡恩斯可以洗脫嫌疑了。」

「何以見得？」

「沒有什麼理由懷疑他意圖溺死瑞特利的說法。後來計畫失敗，他直接回到釣手旅館。我到那裡打聽過，服務生記得五點曾在大廳送茶給他，大約就是他離開碼頭之後四分鐘。喝完茶後，他到旅館草皮上看書看到六點半。我找到了目擊證人。六點半他走進酒吧，在那裡喝到晚餐時間才走。那段時間他不可能回到瑞特利家，是吧？」

「這個不在場證明還得進一步確認。」布勞特謹愼地說。

「你要這麼大費周章隨你便，但不會有太大收穫。要是他在瑞特利的藥裡下毒，就得挑在瑞特利午餐後服過藥到他自己前往河岸之間的時間。或許你會發現他確實有機會這麼做，但何必呢？他沒有理由認為翻船意外會失敗，就算是為了以防萬一好了，他也不會選擇下毒。從沉船計畫看得出他是個有腦袋的人，應該會構思另一個看似意外的計畫，而不是明目張膽用老鼠藥下毒，還把藥瓶拿走。」

「藥瓶。對。」

「沒錯。藥瓶。拿走藥瓶馬上就會讓這一切看起來像謀殺。無論你對菲利斯．卡恩斯有何看法，你都無法相信他會笨到引起懷疑，讓眾人的目光集中在他犯下的謀殺案上。總之，要證明他在瑞特利死後才踏進那個家也不難。」

「我知道他沒有，」布勞特出乎意料地說，「這我已經調查過了。瑞特利斷氣後，克拉森醫師馬上報了警，所以瑞特利家從十點十五分之後都有人看守。卡恩斯從晚餐到十點十五分的行蹤都有人可以作證，他並沒有到這附近來。」布勞特的嘴角拘謹地一扭。

「那麼，」奈丘無助地說，「如果卡恩斯不是凶手，那……」

「我可沒這麼說，我是說他不可能拿走藥瓶。你的推論非常有趣，」布勞特接著說，語氣像準備把學生的論文批得一文不值的老師。「確實非常有趣，只不過是建立在一個謬誤上。你預先假設在藥瓶裡下毒和拿走藥瓶的是同一個人。但情況也有可能是，卡恩斯午餐後在藥瓶裡下了毒，以防沉船計畫失敗，而他沒有打算把藥瓶拿走，想製造瑞特利服毒自殺的假象。然而，當藥效在瑞特利身上發作之後，卻有第三個人走進來，此人早已知道或懷疑卡恩斯想取瑞特利的性命，他可能想要保護卡恩斯，可能從藥瓶聯想到下毒，驚慌之下爲了掩蓋卡恩斯的嫌疑，就把藥瓶拿去丟掉。」

「我懂了，」奈丘停頓很久後才說。「你是指莉娜．羅森。可是爲什麼？」

「哦，她愛上了卡恩斯。」

「老天啊，你怎麼會知道？」

「我對人心的洞察，」督察說，無異狠狠嘲弄了奈丘的最大強項。「還有，我問過傭人，看來他們多少已經互許終生。」

「這樣，」奈丘說，突如其來的陰險打擊讓他一陣暈眩。「看來我在這裡還有事得忙。我本來還擔心我在這個案子裡扮演的角色太輕鬆了。」

「還有一件小事，告訴你只是怕你太過自信。想當然你會說這是……天大的巧合。不過你的委託人在他那本日記裡也提到番木鱉鹼。我還沒有時間好好讀，只是點出來提醒你。」

布勞特把筆記本遞給他，用手指指出位置。奈丘唸道：「我答應過自己要看著他生不如死，他不配死得那麼痛快。我希望他一點一點慢慢燒死，或看著螞蟻爬滿他還有呼吸的身體，或讓他服下番木鱉鹼，那會讓一個人的身體僵硬地弓起來。老天啊，我多想讓他從山坡上滾下地獄……」

奈丘沉默片刻，接著開始踩著鴕鳥般的步伐踱來踱去。

「這不代表什麼，布勞特，」他脫口而出，語氣比之前都要嚴肅。「你看不出來嗎？這同樣能支持我的理論：有第三個人看到這本日記，利用已知的祕密殺了瑞特利，再嫁禍給卡恩斯。但暫且不論這點。你認爲眞有人那麼心狠手辣、用盡心機，在自己的第一次殺人計畫失敗之後緊接著策劃第二次謀殺嗎？更何況是卡恩斯，其實除了瑞特利對他造成不可彌補的傷害，他是個平凡又正直的男人。聽起來不合理，你自己也知道。」

「心一旦毀壞——我無意一語雙關[38]，就無法期待行爲合乎常理。」布勞特也同樣嚴肅地說。

「內心失衡、意圖行凶殺人者之所以出錯，多半是因爲太過自信，而不是缺乏自信。想必你也會同意？」

「一般來說是。」

「難道你是想說服我，卡恩斯構思出一個幾近完美的謀殺計畫，卻因爲對計畫本身和對自己缺乏自信，而準備了一個備案。說不通。」

「我們各自爲政，互不相犯。我跟你一樣不想錯抓無辜。」

「很好。日記可以借我讀一讀嗎？」

「我自己先看一遍，今天晚上再給你。」

38 原文的 crack 也有失敗之意。

7

這是一個和煦的傍晚。夕陽餘暉投下杏桃色的光芒，溫潤的玫瑰色從釣手旅館的斜坡草地平緩地延伸到岸邊。這是喬琪雅口中那種如夢似幻的寧靜夜晚，可以聽見三畦田畝外的母牛反芻的聲音。酒吧一角聚集了一群乾乾瘦瘦、習慣穿破爛的花呢粗布、留個憂鬱小鬍子的釣手。其中一個人比手畫腳描述著或真實或想像的捕魚經過。假如有暴力流言傳進這群人如水底一般生活其中、移動和存在的陰暗世界，顯然會被當成不速之客驅逐出境。他們也對正在喝琴酒和薑汁啤酒的另一桌人毫無興趣。

「『魚竿，』」奈丘引用道，聲音清楚可聞，「『就是一端是鉤子、一端是傻子的竹竿。』」

「閉嘴，奈丘，」喬琪雅悄聲說。「我可不要捲進是非之地。那些人很危險，說不定會用魚叉對付我們。」

莉娜坐在菲利斯旁邊的高背椅上，身體靠著他，不耐煩地動來動去。

「菲利斯，咱們去花園走走。」她說。這個邀約顯然是想跟他獨處，但他卻說：「好。等兩位喝完，我們就一起去比場時鐘高爾夫或做些什麼。」

莉娜咬著嘴唇，有點無禮地站起來。喬琪雅快速瞥了奈丘一眼，他解讀成「咱們最好快出去，沒必要逗弄這兩人，但他爲什麼不想跟她獨處？」，而喬琪雅正是此意。

是啊，爲什麼？奈丘納悶。假如布勞特說的沒錯，莉娜確實懷疑菲利斯殺了瑞特利，可以理解她想避著他，因爲怕他親口證實她的懷疑。但實際上卻剛好相反，反而是他避著她。菲利斯甚至連晚餐都好像刻意跟她保持距離。他說話時口氣尖銳，尤其是跟她說話，像在警告人：再靠近就會割傷自己。這種情況非常複雜，但奈丘漸漸發現，菲利斯本來就是個複雜的人。該是打出幾張牌的時候了，看看他們會對亮出的牌有何反應。

因此，等他們打完一回合時鐘高爾夫球、坐在摺疊椅上欣賞更加陰暗的閃爍湖水時，奈丘談起了這個案子。

「那份關鍵文件已經送到警察手中，相信你聽到會鬆口氣。布勞特今天晚上會拿過來。」

「是嗎？讓他們知道最壞的情況或許是好事吧，」菲利斯輕描淡寫地說，臉上的表情是羞怯和自滿的奇怪混合體。他接著說：「我想我不如把鬍子剃掉算了，反正現在所有偽裝都沒用了。我從來不喜歡吃東西時一嘴毛，太麻煩了。」

喬琪雅玩著手指，菲利斯開的玩笑讓她不舒服，她還不確定自己喜不喜歡這個人。

莉娜說：「可以請問你們在說什麼嗎？什麼『關鍵文件』？」

「菲利斯的日記，妳知道。」奈丘很快回答。

「日記？可是為什麼？我不懂。」莉娜無助地望向菲利斯，他卻避開她的眼神。她聽起來一頭霧水。奈丘心想，她是個演員，當然有可能全是演出來的，但要他賭這是她第一次聽到日記的事，他也願意。他繼續試探。

「菲利斯，我們沒必要這樣各說各話。難道羅森小姐不知道日記的事，還有其他一切嗎？難道你不該……？」

奈丘不知道這樣在混水中釣魚會有什麼樣的結果。實際上卻發生了他最意想不到的事情。菲利斯從摺疊椅上坐起來，用親密、憤世、逞強，還有些許輕蔑的冷酷眼神（無論是對她或對自己）盯著莉娜不放，親口把失去馬丁、找喬治尋仇、把日記藏在瑞特利家客房的鬆動木板下、企圖在河上行凶的事情，全部都一五一十地告訴她。

「現在妳知道我是什麼樣的人了，」最後他說。「我做了這一切，只差沒殺掉喬治而已。」

他的語氣平穩又中立，但奈丘看出他全身都在顫抖，甚至是抽搐，彷彿在冰水裡泡了太久。說完之後是永無止境的沉默。河水刷刷拍打著河岸，一隻水雞發出歇斯底里的叫聲跑出來，旅館的收音機不帶感情地重複著：日本政府表示轟炸中國不設防城鎮純粹是爲了自我防衛。但在草皮上的一行人之間，沉默卻像暴露在外的神經不斷延長。莉娜伸手抓住椅子的木條，菲利斯說話時她一直保持這個姿勢，一動也不動，除了嘴唇開開闔闔像在猜測菲利斯下一句會說什麼或想幫他說出口。此刻，她僵硬的姿勢終於放鬆下來，一張闊嘴在顫抖，整個人彷彿小了一號又茫然若失。她激動地喊：「菲利斯！爲什麼不早點告訴我這些事？爲什麼？」

她瞪著他看，他的臉仍然繃得緊緊的，不爲所動。奈丘和喬琪雅彷彿化成了空氣。菲利斯不發一語，（看樣子）打定主意不再多說。她站起來開始哭泣，匆匆走向旅館。而菲利斯無意追上去……

一小時後回到房間，喬琪雅才問：「你所有這些神祕的手段讓我不禁想，你是故意製造剛剛那個悲慘的場景嗎？」

「抱歉，我完全沒想到會變成那樣。不過，那還是證明了莉娜沒有殺瑞特利。我很確定她不知道日記的事，還有她眞的愛上了菲利斯。這兩件事加起來讓她不太可能毒死喬治，然後嫁禍於菲利斯。」他接著半像自言自語地說，「當然，如果這是巧合，就難怪她說『爲什麼不早點告訴我這些事？』是那種口氣。我懷疑——」

「胡扯，」喬琪雅插嘴，「我喜歡那個女孩，她很有氣魄。不是有句話說，毒是女人會用的武器？錯，儒夫才會。莉娜有的是勇氣，不會對人下毒。她要是想殺瑞特利，也會選擇轟掉他的頭或捅他一刀之類的方法。她只有情緒失控才會殺人。相信我的話。」

「我相信妳說的沒錯。那麼我問妳，菲利斯爲什麼對她那麼無情？爲什麼不在瑞特利被殺時就告訴她日記的事，而要當著我們的面才對她坦承？」

喬琪雅把額前的深色髮絲甩到後面，看起來像隻聰明又有點憂愁的猴子。

「多人多安心，」她說。「他一直不願意對她坦承，因爲一旦坦承就等於說出他只是在利用她，起碼一開始是。利用無辜的她，作爲他計畫犯下命案的共犯。他是個敏感的人，所以一定知道她是眞心愛上自己了，不忍心傷害她，讓她知道他只是在利用她。我必須說，他是那種道德上的懦夫，最怕得罪人，但與其說是怕傷害別人的感情，不如說想要保護自己的感情。他不會喜歡情緒爆發的尷尬場面，所以才抓住機會在我們面前跟莉娜吐實。我們在場讓他免於承受立即的後果，例如眼淚、責備、解釋、安慰等等。」

「妳認爲他沒愛上她？」

「我不確定。他似乎努力說服她或自己沒有。」喬琪雅沒頭沒尾地加上一句：「眞希望我沒那麼喜歡他。」

「爲什麼？」

「你有沒有發現，跟菲爾在一起的時候，他人好得不得了。我相信他眞的很愛那孩子，菲爾也把他當作尊敬的長輩一樣崇拜。要不是因爲這樣——」

「妳就可以懷疑凶手是菲利斯也不會良心不安。」奈丘接話。

「我希望你不要拿我從沒說過的話說是我說的，」她抱怨，「像拿著金錶的魔術師亂變戲法。」

「妳眞有趣。妳很善良，我愛妳，這應該是妳第一次故意對我說謊。」

「不是。」

「哦，不能算第一次。」

「不是說謊。」

「好吧，不是說謊。我如果搔一下妳的後腦杓怎麼樣？」

「那很不錯，可是要你沒有更急迫的事要辦。」

「那本日記。今天晚上我得看過一遍。我會遮住燈，趁妳睡覺時看。對了，找時間我得安排妳見見瑞特利老夫人。她是個百分之百的恐怖角色。要是能找到她毒死喬治的動機，我會開心得多。」

「弒母我聽過，但弒子想必就很少了。」

奈丘喃喃唸著：

「『噢，我怕你是中毒了，朗德爾勳爵，我兒！噢，我怕你是中毒了，我俊俏的孩兒！』

『啊，是！我中毒了，媽媽，快幫我鋪床，因爲我心好痛，只想躺躺。』」[39]

「但我以為是朗德爾勳爵的情人下的毒。」喬琪雅說。

「他也這麼以為。」奈丘不懷好意地強調道。

39 蘇格蘭歌謠。

8

隔天早上跟奈丘一同前往修車廠時，布勞特督察說：「真希望可以拿到那個藥瓶。如果是那個家的其中一員把它藏起來，不可能藏太遠。瑞特利中毒之後，他們沒有一個人離開其他人的視線超過幾分鐘。」

「那羅森小姐呢？她說她講了很久的電話。你證實過了嗎？」

「有。我整理了一張當天晚餐後到地方警察趕來掌控狀況之前，所有家庭成員的動態表，並比對了所有人的證詞。他們每個人都有時間溜進飯廳拿走藥瓶，但沒人有時間把瓶子丟到很遠的地方。寇斯比的手下搜過了屋子、花園，還有方圓幾百公尺內的區域，但都沒找到藥瓶。」

「可是……瑞特利不是固定服用通寧水嗎？那些空瓶子呢？」

「上禮拜有個舊貨商來收走了。」

「你似乎做了很多事。」奈丘愉快地說。

「嗯哼。」布勞特摘下軟氈帽，抹抹發亮的禿頂，重新把帽子戴正。

「直接去問莉娜把那個該死的藥瓶藏在哪裡，不就省了很多麻煩。」

「你知道我從不強迫證人。」布勞特說。

「說這話不怕被雷打死。更不要臉的謊——」

「那本日記你看了嗎？」

「看了。裡頭有不少有用的線索，你不認爲嗎？」

「是——啊，也許。看來瑞特利在家裡不是很受歡迎，而且還勾搭上我們要去見的這位卡飛斯先生的老婆。不過要提醒你，卡恩斯可能在日記裡故意強調這點，好把嫌疑轉移到別人身上。」

「我不認爲有到『強調』的程度，只有**簡短帶過**。」

「這傢伙很精，不會太刻意。」

「反正要證明他的觀察也不難。事實上，我們已經掌握足夠的證據，可以確定瑞特利在家裡是個暴君。他跟他那個可怕的母親把每個人都踩在腳下，除了莉娜・羅森。」

「我同意。但難道你是在暗示，對他下毒的是他太太或僕人嗎？」

「我沒有暗示什麼，」奈丘微慍道，「除了菲利斯在日記裡寫下的都是瑞特利家赤裸裸的現實。」

之後他們一路上都默默無語。塞文橋的街道在正午陽光下打盹。就算在風景如畫、歷史悠久的髒亂巷口閒話家常的居民，注意到打他們面前快步經過的「富商」其實是蘇格蘭場最令人敬畏的總督察，他們也把自己的好奇隱藏得很好。即使當奈丘·史川吉威開始用中強音唱起〈查維狩獵之歌〉，也沒有引起騷動，除了在布勞特督察的心中。他加快腳步，表情驚恐。但塞文橋這地方跟布勞特督察不一樣，對大街上各種吵吵鬧鬧早就習以爲常，雖然通常不會那麼早就聽到有人唱歌。從伯明罕載著大量觀光客到來的遊覽車就是一個例子，每個夏季週末都會激起塞文橋從玫瑰戰爭之後就沒見過的騷動。

「可不可以別再發出那個可怕的聲音。」布勞特終於受不了。

「你不會是指我唱的世界最偉大的民謠吧……」

「就是。」

「哦，別擔心，只剩下五十八小節了。」

「天啊！」布勞特驚呼，他這人很少口出惡言。奈丘接著唱：

「狂奔入林
四下搜尋
灰犬奔竄
追殺野鹿。」

「啊，到了，」布勞特說，急急跑進修車廠。只見兩名技工在吵嘴，嘴裡含著香菸，而頭上就是嚴禁抽菸的標示。布勞特要求要見老闆，兩人被帶進辦公室。督察說明來意時，奈丘在一旁觀察卡飛斯：個頭不高，衣著整齊，外表平凡，光滑黝黑的臉給人浪子回頭的感覺，臉上有板球選手那種平易近人的表情。奈丘暗想，他是個精力充沛但缺乏野心的男人，樂於隱藏自己，受人喜愛但對人高度保留；熱中某些嗜好，很可能是某種冷門知識的無名高手，也會是個好丈夫、好爸爸。誰都不會把他跟激情聯想在一起。但這種類型會騙人，不可不慎。這個「小個頭男人」要是受到刺激，會像貓鼬一樣發威。通常家就是他的城堡，爲了保護它，他展現的不屈不撓和積極主動會教人吃驚。奈丘很好奇，卡飛斯的太太羅妲……

「是這樣的，」布勞特督察說，「我們去問了附近的所有藥劑師，現在，呃，已經確定死者家中沒有人購買過任何種類的番木鱉鹼。當然，凶手可能跑去更遠的地方買，我們會繼續擴大調查。但目前我們必須先假設，凶手從你這裡拿走一些老鼠藥。」

「凶手？意思是說你們已經排除自殺或意外的可能？」卡飛斯問。

「你知道你的合夥人可能自殺的原因嗎？」

「沒有，不知道，我只是好奇。」

「比方財務危機之類的？」

「沒有，修車廠經營得還可以。再說，就算經營失敗，我的損失也遠比瑞特利多。當初買下來的時候，錢全都是我出的。」

「是嗎？原來如此。」

奈丘傻乎乎地盯著菸頭，突然問：「你喜歡瑞特利這個人嗎？」

布勞特做了一個不認同的手勢，彷彿在跟這麼不像話的問題撇清關係。卡飛斯顯得冷靜許多。

「你要問我爲什麼跟他合夥？」他說。「事實上，他在戰場上救過我一命。後來我又遇到他，大概是七年前的事。他當時有困難，他母親把錢都賠光，我最起碼能做的就是幫他脫困。」

雖然沒有正面回答奈丘的問題，卡飛斯擺明了他跟瑞特利合夥只是爲了報答他的救命之恩，而非出於友誼。接著，布勞特再次接手。他要卡飛斯交代自己星期六下午的行蹤，並解釋這只是例行的問題。

卡飛斯的眼睛一閃，忍著笑說：「是啊，當然，例行調查。呃，兩點四十五分左右我去了瑞特利家。」

奈丘嘴裡的香菸掉下來，他趕緊彎身拾起。布勞特接著問，語氣平和，好像不是第一次聽到這件事。

「只是私人的拜訪？」

「對。我去見瑞特利老夫人。」

「我的天啊，」布勞特語氣溫和地說，「我不知道這件事。我們問過傭人，沒人提起你那天下午去拜訪的事。」

卡飛斯的眼睛跟蜥蜴一樣炯亮，一眨也不眨，不動聲色。他說：

「他們不知道。我直接走進瑞特利老夫人的房間，她約我見面時就吩咐過我要這麼做。」

「約見面？所以……你們見面是爲了談正事？」

「對。」卡飛斯臉色一暗。

「跟我目前調查的案子有關嗎？」

「沒有。雖然有些人或許認爲有。」

「那要由我來決定，卡飛斯先生。你最好還是——」

「我知道、我知道。」卡飛斯不耐煩地說。「問題是，這牽扯到第三個人。」他思索片刻才說：「這件事瞞不過你們，是吧？如果你們發現這跟——」

奈丘打斷他的話。「別擔心，反正都寫在菲利斯·蘭恩的日記裡。」他仔細觀察卡飛斯。對方一頭霧水——或是巧妙地裝出一頭霧水的樣子。

「菲利斯·蘭恩的日記？可是他知道什麼……」

奈丘不理布勞特的不悅眼神，接著說：「蘭恩發現瑞特利……該怎麼說呢……是尊夫人的愛慕者。」奈丘故意略帶挑釁，希望激怒卡飛斯，讓他慌亂失措，但卡飛斯卻神色自若。

「看來你們占了上風，」他說。「那好，我盡量長話短說，告訴你們清楚明白的事實，只希望你們不會從中得出錯誤的結論。喬治·瑞特利跟我太太獻殷勤已經有一段時間，她從中得到樂趣和滿足，也受到誘惑，任何一個女人都可能有這種反應，畢竟喬治是有他的魅力。她甚至無傷大雅地跟他眉來眼去，但我沒有跟她抱怨。一個人要是不敢相信自己的太太，一開始就沒有資格結婚。總之，這就是我的想法。」

老天啊，奈丘暗道，這男人要不是個盲目但令人欽佩的唐吉訶德，就是他遇過最會睜眼說瞎話的騙子。當然也有可能是菲利斯故意在日記裡渲染瑞特利和羅妲．卡飛斯之間的曖昧關係。

卡飛斯接著說，轉著手上的圖章戒指，瞇著眼睛像在抵擋刺眼的光線。「最近喬治對她殷勤得有點過火。話說回來，去年他似乎對她失去了興趣，把目標轉向他的小姨子，至少我聽說是這樣。」卡飛斯的嘴唇扭曲，表情厭惡中帶有歉疚。「說出這些八卦我很抱歉。顯然他跟莉娜．羅森一月時有些不愉快，在那之後喬治才……回過頭跟我太太大獻殷勤。我沒有插手。如果羅妲真的比較喜歡他，我是指長遠來說，那麼我大吵大鬧也沒用。不幸的是，喬治的母親就在這個節骨眼介入。星期六下午她要跟我談的就是這件事。她指責我放任羅妲跟喬治亂來，問我打算怎麼辦。我說我目前不打算怎麼辦，但羅妲若要求跟我離婚，我當然該要成全她。老夫人……她是個老巫婆，我恐怕永遠都無法忍受她……她開始破口大罵。意思就是我被戴了綠帽還沾沾自喜，甚至辱罵羅妲，說是她勾引喬治，我認爲這個指控和其他指控都太過分。最後她幾乎是命令我去阻止這件事，說羅妲要是回歸家庭，整件事就此落幕，對雙方都是最好的結果。至於她那邊，她會確保喬治日後會管好自己。這其實就是最後通牒。我不喜歡最後通牒，尤其是跋扈的老女人發出的最後通牒。我用更強硬的語氣再次強調，喬治要是喜歡勾引我老婆，那是他的問題；羅妲要是眞想跟他一起，我會答應跟她離婚。後來瑞特利老夫人開始囉唆家醜不可外揚、敗壞門風之類的話。她讓我倒胃口，所以還沒等她說完我就走出房間，離開了那個家。」

卡飛斯愈來愈向著奈丘說話，後者邊聽邊同情地點頭。布勞特有種被排擠在外和超出理解範圍的感覺，因此再度開口時語氣多了幾分懷疑。「非常有意思的故事，卡飛斯先生。嗯哼。但你不得不承認你的反應有點……非比尋常。」

「或許。」卡飛斯淡淡地說。

「所以你直接離開瑞特利家？」

強調「直接」兩字帶有挑戰意味。布勞特的眼睛在夾鼻眼鏡後面發出冷光。

「如果你是要問，我有沒有爲了在瑞特利的藥裡放番木鱉鹼而半途繞路，答案是沒有。」

布勞特趁勢追問：「你怎麼知道凶手下毒的方法？」

可惜卡飛斯並沒有亂了套。「八卦。傭人會嚼舌根。瑞特利家的女傭告訴我家的廚子，說警方懷疑有個通寧水藥瓶不翼而飛，所以我自己推論出來的。就算不是總督察也會這種簡單的推理。」卡飛斯的話帶有一絲惡意但並不令人討厭。

布勞特一本正經地說：「卡飛斯先生，我們得仔細檢驗你的陳述。」

令人跌破眼鏡的卡飛斯又說：「如果我指出兩件事，或許能省去你們一些麻煩。你們八成也已經想到。第一，就算無法理解我對內人和瑞特利的事採取的態度，你們也很難想像我會因此說謊，而瑞特利老夫人也能證明我這部分的……陳述。第二，你們或許以爲我的態度只是一個幌子，用來掩飾我眞正的感受，掩飾我想阻止喬治跟羅妲亂來的意圖。但請你們理解，我沒有必要採取殺了喬治這麼強烈的手段。修車廠的金主是我，如果我想教訓喬治，只要告訴他再繼續招惹羅妲，我就把他踢出合夥事業。看他是要錢，還是要愛情。」

布勞特縱使火力全開，卡飛斯也使出渾身解數，身手俐落地擋了回去。他往後一靠，和顏悅色地看著布勞特。布勞特試圖反擊，但對方持續用同樣的冷靜坦然和更冷酷的邏輯應戰。卡飛斯簡直一副樂在其中的模樣。布勞特從中得到的唯一新證據是：從離開瑞特利家到發生凶案這段時間，卡飛斯都有難以動搖的不在場證明。

兩人離開修車廠後，奈丘說：「哎呀呀，了不起的布勞特督察遇到對手啦。卡飛斯不是省油的燈。」

「厲害的傢伙，」布勞特粗聲道。「什麼事都解釋得恰到好處，或許有點太過恰到好處了。看過卡恩斯的日記之後你也會發現，上面提到有次他去修車廠時，卡飛斯詢問過他下毒的事。等著瞧吧。」

「所以現在你把焦點從菲利斯・卡恩斯身上轉移了？」

「我一直保持一顆開放的心，史川吉威先生。」

9

當布勞特從卡飛斯那裡受到打擊、欲振乏力之際，喬琪雅和莉娜正坐在瑞特利家的網球場旁邊。喬琪雅特地來看看自己能不能幫上費歐拉・瑞特利什麼忙，但最近這一、兩天，費歐拉的自信和權威都有非常驚人的成長。她似乎禁得起這種情況下可能落在自己頭上的各種挑戰，而瑞特利老夫人的管轄權如今只限於自己房間的四面牆壁之內了。如同莉娜所說：「我想我不該這麼說，但喬治的死讓費歐拉宛如新生。她成了我們的英文女老師以前說的那種『沉著穩重之人』。眞是要命的形容詞！可是費——眞的，誰看到現在的她會想到她之前當了十五年的踏腳墊，開口閉口是喬治、不喬治、哦喬治請不要。現在喬治被人毒死了，誰知道警察會不會盯上未亡人。」

「哦，那當然不太——」

「爲什麼不？我們所有人遲早都會被懷疑，因爲大家都在這間屋子裡。菲利斯顯然想盡辦法要讓自己走向絕路，但我不相信他下得了手——我是指他昨晚告訴我們的事。」莉娜頓了頓才用更低沉的聲音說：「我希望我能理解——算了管他的！菲爾今天好嗎？」

「我離開的時候，他跟菲利斯正在讀維吉爾，看起來滿開心的。不過我不太懂小孩。他有時候好大膽，但突然間又沒來由地像牡蠣一樣封閉起來。」

「讀維吉爾？我眞不懂。投降。」

「我想，試著轉移他的注意力是件好事。」

莉娜沒回答。喬琪雅仰頭看著從頭上飄過的雲朵，最後思緒被身旁窸窸窣窣的聲音切斷。她低頭一瞥，看見莉娜伸出柔軟、曬黑的手正在拔草，從地上狠狠連根拔起再撒回草皮。

「哦，是妳啊，」喬琪雅說。「有那麼一瞬間，我還以爲是哪隻母牛跑進來吃草呢。」

「妳要是得經歷……就會開始吃草……這眞的快把我逼瘋了！」莉娜轉向喬琪雅，肩膀衝動地一甩，兩眼發亮，彷彿平空變出了一個戲劇化的場景。「我是怎麼了？妳告訴我，我到底有什麼問題？是因爲體臭，還是她最要好的朋友不肯把實情告訴她？」

「妳沒有問題。這麼說是什麼意思?」

「那爲什麼大家都躲著我?」莉娜愈說愈歇斯底里。「我是說菲利斯,還有菲爾。我跟菲爾一向處得不錯,現在他卻看到我就繞過轉角逃走。但說眞的,我一點都不在意他怎麼對我,我在意的是菲利斯。爲什麼我就是要愛上這個男人?我……愛上……是嗎?光這個國家就有好幾百萬男性可以挑,可我偏偏愛上了一個不要我的男人——他只要我當他的介紹卡,透過我認識喬治。不,這不是眞的。我發誓菲利斯是愛我的。那種事沒辦法假裝,女人或許可以,男人根本不可能。哦天啊,我們以前是那麼快樂。即使當我開始懷疑他別有居心……不,我其實沒有,我心甘情願盲目。」

莉娜的臉靜止時有點愚蠢、俗麗,但當心裡的感受讓她忘了舉手投足、臉上的妝,以及電影訓練的各種細心「修飾」,那張臉反而變得美麗。她抓住喬琪雅的手,手勢激動又無比動人,然後急切地接著說。

「昨晚……妳也看到了,當我邀他去花園獨處時,他根本不肯。後來我想一定是因爲那本日記,因爲他怕我知道他一開始就在我面前扮演雙面人。但後來他說出了日記的事,他知道那不再是我們之間的祕密。可是今天早上我打電話給他,說我不在乎這些，我愛他，想跟他在一起，幫助他……他卻還是一樣平靜，有禮，像個紳士，說我們非必要還是不要見面比較好。我實在不懂。我快瘋了，喬琪雅。以前我以爲自己是個有尊嚴的女人，但現在卻低聲下氣追著這個男人跑，像個該死的朝聖者。」

「我很遺憾，親愛的，妳想必很不好受。可是尊嚴……是我就不會擔心……它是情感的白象，華麗而昂貴，但愈快擺脫愈好。」

「我沒有擔心尊嚴，我擔心的是菲利斯。我不在乎他有沒有殺喬治，但我希望他沒有必要也殺了我。妳想……我是說，他們會逮捕他嗎？想到他們隨時會逮捕他，我可能再也看不到他，而現在我們不在一起的每一分鐘都浪費掉了，我就覺得好難受。」

莉娜哭了起來。喬琪雅等她恢復平靜才柔聲說：「我不認爲他是凶手，奈丘也是。我們會幫助他擺脫嫌疑，我是說我們兩個。但是要救他，我們就得掌握所有眞相。現在他不想見妳或許有很好的理由，也可能只是因爲自以爲是的騎士精神，例如不想把妳牽扯進去。但妳不該隱瞞任何事，把話藏在心裡，那也是自以爲講義氣。」

莉娜握緊雙手放在膝上，直直盯著前方，說：「好難。妳知道嗎，這牽扯到我以外的人。隱瞞證據是不是有可能被抓去關？」

「如果妳是他們所謂的共犯的話。但還是值得冒這個險，不是嗎？妳指的是那個消失的藥瓶嗎？」

「妳可以答應我，除了妳丈夫以外，妳不會跟其他人說？還有他一定要先跟我談過才能跟其他人透露。」

「我答應妳。」

「那好，我告訴妳。我之所以藏在心裡，是因爲牽扯到的那個人是菲爾。我很喜歡那個孩子。」

莉娜・羅森話說從頭。一切始於瑞特利家某天晚餐的一席對話。大家討論到殺人的權利，菲利斯說他認爲除掉社會害蟲是替天行道，因爲這樣的人害他周圍的人都活在地獄裡。當時她沒當一回事，但當喬治毒效發作，說出菲利斯的名字時，她又想起這件事。於是她趕緊跑進飯廳，看見那瓶通寧水在餐桌上。喬治在隔壁房間痛到哀號、在地上打滾，她不知道爲什麼就把藥瓶跟菲利斯的話聯想在一起。雖然很離譜，但她有一瞬間相信是菲利斯對喬治下了毒。她心裡只想著要把藥瓶拿走，從沒想過這麼做就移除了喬治是自殺的唯一可能的證據。她直覺地走到窗前，打算把藥瓶丟進灌木叢。就在這時候她看見菲爾把臉貼在窗玻璃上盯著她看。同時間，她聽到瑞特利老夫人從客廳叫她的聲音。她打開窗戶，把藥瓶交給菲爾，要他拿去藏起來，根本沒有多餘的時間解釋。她到現在都不知道菲爾把藥瓶藏在哪裡。每次她想找他單獨說話，他似乎都故意避著她。

「也難怪他這樣，不是嗎？」喬琪雅說。

「也難怪……？」

「妳要菲爾把藥瓶拿去藏起來，他又剛好看到妳慌成那樣，之後就聽到他父親中毒，警察到處在找那個藥瓶。妳想他會從中想出什麼結論？」

莉娜驚慌失措地瞪著她，接著噗嗤一聲，又哭又笑。「我的天啊！太不像話了！菲爾以為是**我**做的？我……這太離譜了！」

喬琪雅站了起來，身子俐落一彎，俯身面對著莉娜。她抓住莉娜的肩膀，毫不留情地猛力搖晃，直到莉娜的金髮如波浪般滾下，遮住了一邊眼睛，激動又愚蠢的笑聲才終於停止了。此刻莉娜的頭貼在喬琪雅的胸前，喬琪雅感覺到她的身體在抽搐顫抖。喬琪雅抬頭一望，看見一張老婦人的臉透過樓上窗戶看著她們。那張臉嚴厲，陰沉，貴氣十足，嘴唇繃緊，表情可能只是對這個肅靜的家裡響起如此放浪的笑聲表示譴責，也可能是個嫉惡如仇的神在遠處幸災樂禍。或是一尊石像，膝上灑著獻祭的鮮血。

10

午餐前奈丘回到旅館，喬琪雅才把她跟莉娜的對話說給他聽。

「這就解釋得通了，」他說。「我很確定是莉娜拿走了藥瓶，但就是想不通她得知藥瓶消失對菲利斯有害無益之後，爲什麼還要隱瞞這件事。看來自殺是不可能了。我們得去找菲爾談一談。」

「我很慶幸我們已經把他從那個家帶走。今天早上我看到瑞特利老夫人了。她從樓上的窗戶看著我們，就像耶洗別[40]——好吧，不是很像，比較像我在婆羅洲偶然看見的物神ju-ju，獨自端坐在森林中央，膝蓋上都是乾掉的血。那次的發現很有意思。」

「我相信是，」奈丘說，微微顫抖。「妳知道嗎，那個老太太讓我愈來愈覺得可疑，因爲她是個太明顯的目標，就像任何一個偵探小說家都會故意抓進來混淆視聽的人物，唉。如果這是一本書，我會把錢都賭在卡飛斯那個傢伙上。他光滑透明得像玻璃一樣，我一直懷疑他是不是在變什麼鏡子戲法。」

「偉大的加博里歐[41]不是說過嗎？『永遠要懷疑看似可能的，並慢慢相信看似不可能的。』」

「如果這句話是他說的，那麼偉大的加博里歐一定是笨蛋。我從沒聽過這麼廉價又詭異的謬論。」

「怎麼會呢？謀殺**本身**就很詭異，只不過還是受世仇血恨之類的嚴格規則牽制。沒有必要用現實的眼光去理解它，沒有殺人凶手是現實主義者，如果是也就不會犯案了。你的偵探事業能成功，是因爲你大半時間的想法都異於常人。」

「妳提出的創見雖然自然而優美，卻著實沒有必要。對了，今天早上妳有看到費歐拉．瑞特利嗎？」

「只有一下子。」

「我只是好奇上禮拜她跟喬治吵架到底說了什麼。昨天早上我們把菲爾從老太

---

40 《列王紀》中以色列王亞哈的妻子，迫害耶和華信徒，強迫以色列人背棄上帝。

41 十九世紀法國作家，同時也是推理小說先驅。

太的魔掌救出來時，老太太不懷好意丟出一些暗示。我想又是女性溫柔魅力再度上場的時候。」

喬琪雅對他做了一個鬼臉。「奈丘先生，敢問你打算利用我當你的密探到什麼時候？」

「是女密探。我親愛的，妳雖然外表強硬，卻意外地很容易撼動別人的情緒。眞不懂爲什麼。」

「廚房才是女人的天地，從現在開始我要待在那裡，我受夠你的狡猾伎倆了。如果你想在人心裡養蛇，那就把自己養在裡面算了。」

「妳這是在造反嗎？」

「對。怎樣？」

「沒，只是確認。提醒妳，廚房在樓下，先左轉，再右轉……」

午餐後，奈丘帶菲爾．瑞特利到院子裡。奈丘跟他說話時，男孩恭敬有禮，但又一副心不在焉的模樣。他蒼白的臉色、瘦得可憐的手腳，還有偶爾畏畏縮縮的眼神，讓奈丘一直避而不談他眞正想談的事。但男孩的沉著鎮定，還有如貓一般的敏感神祕，同時又在對他提出挑戰。

最後開口時，他的口氣比自己預期的還要唐突。「那個藥瓶。你知道，就是通寧水藥瓶，菲爾，你把它藏在哪裡？」

菲爾直直看著他的眼睛，眼神天眞卻幾乎帶有攻擊性。「可是我沒有把瓶子藏起來，先生。」

奈丘差點就要相信，卻想起一個當老師的友人麥克．伊凡斯的一句格言：「眞正聰明伶俐的男生在撒漫天大謊時，總是目不轉睛盯著老師。」奈丘把心一橫。

「可是莉娜說她把瓶子交給你，要你藏起來。」

「她這麼說？可是……你的意思是說她不是……」菲爾猛吞口水。「不是毒死我爸的人？」

「當然不是。」男孩的嚴肅緊繃讓奈丘只想把該爲此事負責的人揪出來。他必須一直看著菲爾，提醒自己他只是個受盡煎熬、不知所措的孩子，而不是說出的話常讓人誤以爲的成熟大人。「當然不是。我很欣賞你想保護她的心，但現在已經不需要那麼做了。」

「但如果不是她，她爲什麼叫我把藥瓶拿去藏起來？」菲爾問，眉頭痛苦地糾結在一起。

「這你不用操心。」奈丘不經思索地說。

「我沒辦法。我已經不是小孩了，你應該把事實告訴我。」

奈丘看得出來，男孩反應快速的稚嫩心靈已經開始跟這個問題進行搏鬥。他決定要告訴自己事實。這個決定日後會導致相當奇怪的結果發生，但當時奈丘還料想不到。

「情況有點複雜，」他說。「其實，莉娜是想保護另外一個人。」

「誰？」

「菲利斯。」

菲爾明亮的臉蛋一暗，有如一片陰影掠過灰白色的純淨池塘。「誰要教孩子疑懼，」奈丘不自在地默唸著，「將永久深埋腐爛墓穴。[42]」菲爾轉向他，抓住他的袖子。

「這不是眞的，對吧？我知道這不是眞的！」

「我不認爲是菲利斯做的。」

「但警察也是嗎？」

「呃，警察一開始誰都要懷疑，而菲利斯又有點犯傻。」

「你不會讓他們對他怎麼樣吧？答應我。」菲爾的懇求既天眞爛漫又直接，讓他一瞬間異常地像小女生。

「我們會照顧他的，」奈丘說，「你別擔心。首先得要拿到那個藥瓶。」

「在屋頂上。」

「屋頂上？」

「對，我帶你去看。跟我來。」此刻菲爾焦急難耐地拉著奈丘站起來，先他一步小跑回自己家。等到奈丘急急跑上兩段樓梯和一道梯子，從閣樓窗戶往三角屋頂望去時，他已經上氣不接下氣。菲爾伸手一指。

「在排水溝裡，就在底下。我爬下去拿。」

「你不准這麼做，我可不想要你到時候摔斷脖子。我們去拿一把梯子靠在牆上再上去拿藥瓶。」

42 浪漫主義詩人威廉．布萊克的詩。

「沒關係，先生，我說眞的。我常在屋頂上爬來爬去。只要把鞋子脫掉就很簡單，而且我還有繩子。」

「你是說，星期六晚上你爬到下面把藥瓶藏在那裡？在黑暗中？」

「也沒有很暗。我本來是想把藥瓶綁在繩子上滑下去，但那就得放掉繩子，這麼一來繩子就可能會掛在排水溝底下的牆壁上，讓人發現。」

菲爾已經在腰際綁上一圈繩子，繩子是從閣樓的一個老舊醫生包裡拿出來的。

「這裡確實是個很好的藏匿地點，」奈丘說。「你怎麼會想到這個地方可以藏東西？」

「我們有次不小心把球掉進那裡。那天我跟我爸在草皮上用網球來打板球，他把球打到屋頂上，球卡進排水溝，所以爸就從這扇窗戶爬出去撈球。媽擔心得要命，很怕他會摔下來。但他……他是登山高手，以前去爬阿爾卑斯山就是用這條繩子。」

有個聲音在奈丘的腦中響起，大力敲門想要進來，但門上了鎖，當下他又找不到鑰匙。不過，他記憶力驚人，不久就會再度想起。即使是明顯毫不相關的案件細節也都在他腦中收得有條不紊，從來不曾讓他失望，目前只是因爲菲爾滑下煙囪凹槽、爬上一邊山牆又消失在另一邊的景象害他嚴重分心。

希望那條繩子很堅固。眞要命，腰上綁了繩子雖然安全，但繩子有綁好嗎？怎麼那麼久？眞是個怪小孩。我不敢保證他要是腦袋亂想，會不會解開繩子，從屋頂上跳下去……

窗外傳來一聲叫喊，接著是難以忍受的寂靜，然後——不是奈丘繃緊全身神經害怕聽到的跌落聲，而是細微、清脆的碎裂聲。他鬆了好大一口氣，因此當菲爾烏麻麻的手和臉從山牆那一頭出現時，他生氣地對他吼：「你這個小傻瓜！幹什麼要把它丟下去？一開始就應該用梯子，誰叫你非要逞強。」

菲爾的一張黑臉抱歉地笑了笑。「非常抱歉，先生。藥瓶放在外面變得黏答答，不小心就從我手上滑下去……」

「好了，這也是沒有辦法的事情。我最好快點去把碎片撿回來。對了，瓶子是空的嗎？」

「沒有，大概半滿。」

「老天！這附近有小貓小狗嗎？」奈丘正要跑下樓就聽到菲爾發出的可憐聲音。他腰上跟煙囪綁在一起的繩結拉得太緊，怎麼也解不開。奈丘只好多花寶貴的幾分鐘時間爬出閣樓窗戶幫菲爾解開繩結。等他跑到屋外草皮上時，整個人又氣又急，而且憂心如焚，想到大半番木鱉鹼都灑在草皮上就懊惱。

然而，他根本不需要擔憂。一繞過屋子的轉角，他就看見布勞特跪在地上，軟氈帽仍然端端正正戴在頭上，手抓著手帕輕按草皮，他旁邊的步道上已經有一堆碎玻璃。他抬起頭，語帶責備地說：

「你那個瓶子差一點就打到我了。我不知道你們在玩什麼把戲……你們兩個，可是——」

奈丘聽到身後傳來一陣氣喘吁吁的聲音。接著菲爾像一陣熱風一般從他身旁飛奔而過，整個人撲向布勞特，又踢又抓，試圖要搶走布勞特手上那條濕透的手帕。男孩怒眼圓睜，整張臉和整個身體彷彿化成小惡魔。布勞特的帽子被撞歪，夾鼻眼鏡也被扯了下來，但當他扣住男孩的手臂，手下留情地把他推向奈丘時，依然是面不改色。

「你最好帶他進屋裡洗洗手，我懷疑他手上也沾到了一些。菲爾少爺，下次要打架記得找跟你體型相當的人。史川吉威先生，你忙完之後借一步說話。或許可以請孩子的母親照顧他一下。」

菲爾乖乖跟著奈丘走進屋裡，腳步頹喪，嘴巴和眼角不時抽搐，就像作了惡夢的小狗。奈丘不知道該說什麼，只覺得除了藥瓶之外，有什麼東西也摔得粉碎，之後要把碎片黏合，還得費好一番工夫。

11

奈丘再度從屋裡走出來時，正好看見布勞特把弄髒的手帕和碎玻璃交給一名警察。藥水已經被抹乾，手帕和抹布裡的水分也都擰到臉盆裡。

「幸好地面是硬的，」布勞特心不在焉地說，「不然藥水就會滲進去，到時候還得把草皮挖起來。是這個沒錯，沒錯。」他伸出舌尖，萬分小心地舔舔手帕。「苦的，還嚐得出來。你找到它我很感激，但也不用直接砸在我頭上。欲速則不達呀，史川吉威先生。對了，那個小子幹嘛攻擊我？」

「哦，他有點焦慮。」

「我注意到了。」布勞特冷冷地說。

「藥瓶的事很抱歉。菲爾說他把藥瓶藏在屋頂的排水溝裡，我竟然笨到讓他爬去拿。他用繩子把自己跟煙囪綁在一起，結果就不小心滑了下去——我是說藥瓶，不是煙囪。」

「老天啊，不會吧。」布勞特撣撣膝蓋的灰塵，扶正夾鼻眼鏡，帶奈丘走到瓶子摔落的地點，動作從容不迫得教人生氣。「你看，要是他只是手滑，瓶子應該會掉在這裡的花圃上，但實際上瓶子卻掉得更遠，摔在草皮邊邊，可見他一定是用丟的。可以借用你一分鐘嗎？咱們坐遠一點，你再把過程告訴我，免得屋裡的人聽見。」

奈丘把莉娜對喬琪雅坦承和菲爾星期六晚上爬上屋頂藏藥瓶的事告訴他。「菲爾在某些方面反應快得驚人。他一定是想到藥瓶可能連累到菲利斯，而且就如喬琪雅所說，他把菲利斯當作神一樣崇拜。但他已經告訴我他知道藥瓶在哪裡，所以要幫助菲利斯脫罪，唯一的方法就是毀掉藥瓶：把它從屋頂上丟下去，然後故意要我幫他解開繩結好拖延時間，希望等我跑下樓時，藥水就已經全部滲進土裡。他小小的腦袋可以想到這麼多，很聰明也很合乎邏輯。他就像很多獨生子女一樣，容易一頭陷入英雄崇拜，同時又對陌生人極度不信任。我跟他保證，找到藥瓶不一定對菲利斯不利，但他顯然不信。他說不定相信是菲利斯毒死了他父親，但他極力想保護的卻是菲利斯。正因爲如此，當他看到自己的計畫毀了才會一頭撲向你。」

「是——有這個可能。他是個勇敢的孩子，想像他在山牆上爬來爬去！不管有沒有繩子，我都不喜歡這樣。話說回來，我一向怕高，會暈眩——」

「暈眩！」奈丘驚呼，眼睛一亮。「我就知道我很快就會想起來！啊，我們終於有些進展了！」

「什麼進展？」

「喬治．瑞特利容易暈眩又不容易暈眩。他怕接近採石場的懸崖邊，卻又不怕阿爾卑斯山。」

「如果這是要考我的謎語……」

「不是謎語，而是謎底，或者該說是謎底的開頭。暫時先別吵，讓奈丘大叔琢磨琢磨他腦中的材料。你記不記得，菲利斯．卡恩斯在日記上提到他曾經到過科茲窩的一座採石場，準備好要製造一場意外，只可惜喬治．瑞特利不肯走近懸崖邊，因爲他說他會暈眩？」

「當然記得。」

「那就對了。剛剛我跟菲爾在閣樓上時，我問他怎麼會想把藥瓶藏在那裡。他說他爸曾經把一顆球打到屋頂上，卡在排水溝裡，是喬治爬到屋頂上去撿的。他還說他爸去爬過阿爾卑斯山。所以這代表什麼？」

布勞特的和善嘴唇繃成一條細線，眼睛閃閃發亮。「這代表菲利斯．卡恩斯因爲某個原因在日記裡撒了謊。」

「但爲什麼要？」

「這個問題我很快就會去問他。」

「但他撒謊的可能動機是什麼？那本日記是他寫給自己看的，何苦來哉要對自己說謊？」

「呃，得了，史川吉威先生，你不得不承認，說瑞特利怕高是一句謊話。」

「是，我承認，但我不認爲是菲利斯撒謊。」

「拜託，事實擺在眼前，而且還是白紙黑字。不然還有什麼解釋？」

「我認為說謊的人是喬治・瑞特利。」

布勞特張口結舌，一時有如受人敬重的銀行經理剛剛得知英格蘭銀行總裁蒙塔古・諾曼被人逮到竄改資產負債表。

「等一等、等一等，史川吉威先生，你不會眞要我接受這個說法？」

「正是，布勞特總督察。我認爲瑞特利一直在懷疑菲利斯，還說給第三個人聽，而這個人殺了瑞特利，同時把原本意圖行凶的菲利斯當作擋箭牌。現在，假設那天他們去野餐時，瑞特利就對菲利斯起疑。他可能之前就對那座採石場很熟；一般人在一個地方住上一段時間，通常都會去同樣的地方野餐。當時菲利斯站在採石場的峭壁邊喊喬治過去看一樣東西。喬治感覺到他語氣有些激動或看出他臉色有異，心中的疑慮愈燒愈旺，不禁擔心起菲利斯會不會眞想把他推下懸崖。或者，他並不知道那裡有個採石場，直到如日記上所說，菲利斯不小心說溜嘴。無論是哪一種，喬治都不可能直接跟他對質，畢竟他還沒找到任何證據。他打的如意算盤是，先裝成完全不知道狀況，直到找到證據證明菲利斯確實想殺他。問題是他也不敢更靠近峭壁，一定要想個藉口，免得菲利斯開始防備他，一急之下他隨口說了句：『抱歉，不了，我一向怕高，會暈眩……』這是登山老手很自然而然會先想到的藉口。」

沉默許久之後，布勞特說：「我不否認是有這個可能。但這個理論就像蜘蛛網，織得很精密，卻裝不了水[43]。」

「蜘蛛網不是用來裝水的，」奈丘語氣尖刻地說，「是用來捕蒼蠅的。只要你偶爾放鬆休息一下，不要整天只會檢查血跡和啤酒杯，稍微觀察一下大自然就會知道了。」

「我倒要請問，那麼你說的這張蜘蛛網捕到了什麼蒼蠅？」布勞特問，眼神懷疑地一閃。

「我爲菲利斯．卡恩斯辯護的立場都基於一個理論：有第三個人知道他的計畫，至少知道他大概的意圖。這個人或許是自己知道的，但不大可能，畢竟菲利斯想必把他的日記藏得很好。但假設喬治把心中的懷疑說給第三個人聽，而且說不定一開始就說了，那麼你想他最有可能對誰說？」

「猜一下又不用錢，是吧？」

「不是要你猜，我是要你用用你那兩道糾結眉毛後面的思考機器。」

「這個嘛，據我們所知，他很看不起他太太，所以不可能跟她說。莉娜也不可能，如果卡飛斯說的沒錯，她跟喬治已經分道揚鑣的話。他有可能會告訴卡飛斯，我想。不對，我會說他母親才是最有可能的人選。他們母子感情很好。」

「你忘了一個人。」奈丘頑皮地說。

「誰？你是說那個小——」

43 hold water 也有站不住腳之意。

「不是。羅妲・卡飛斯？她跟喬治——」

「卡飛斯太太？你在尋我開心嗎？她爲什麼會想殺了瑞特利？再說，她先生說她從沒進去過修車廠，所以她也不可能拿到老鼠藥。」

「『她先生說』……那不足以採信。」

「我有證據可以證明。她當然可能趁夜溜進去偷拿老鼠藥，但她剛好有星期六下午的不在場證明，所以不可能在藥瓶裡下毒。」

「有時候我認爲你不當偵探實在太可惜了。所以原來你也懷疑過羅妲。」

「哦，但那只不過是例行的調查。」布勞特有點訝異地說。

「沒關係。反正我指的也不是羅妲。你說的沒錯，瑞特利老夫人才是最有可能的人。」

「我可沒這麼說，」布勞特語氣決然地回應，「別忘了還有菲利斯・卡恩斯。我只是說——」

「好，你的意見我知道了，也會留意。但我們暫時假設那個人是艾瑟・瑞特利。你讀過卡恩斯的日記，有沒有在裡頭發現她可能的殺人動機？」

布勞特督察在椅子上坐定，讓自己更舒適，接著抽出一根菸斗，但沒點燃，只是若有所思地放在光滑的臉頰上摩挲。

「老太太很看重家族榮譽，是吧？根據卡恩斯的日記，她說過『關係到榮耀的時候，殺人就不算謀殺』之類的話。此外，卡恩斯說他聽到老太太跟小男孩說，**無論發生什麼事**，他都不該以自己的家族爲恥。但你不得不承認，這算不上什麼有力的證據。」

「本身的確不算。不過如果加上她有機會犯案的事實……星期六下午喬治從河邊回來之前，只有她跟費歐拉在家。此外還有喬治和羅妲的事——這件事**她也知道**。」

「爲什麼這麼說？」

「我們知道那天下午老太太要卡飛斯去見她，要他管管羅妲，別讓家醜外揚。聽到卡飛斯說羅妲要是想離婚，他會成全羅妲時，老太太火冒三丈。假設那是老太太的最後手段，假設她早就下定決心要是失敗，她寧可殺了喬治，也不讓他出軌的醜聞和離婚的可能玷污家門。她已經勸過喬治別再跟羅妲亂來，也勸過卡飛斯採取強硬的手段阻止，但兩邊都失敗了，所以最後只好選擇下毒結束這一切。這個推論你覺得如何？」

「我承認想過這個可能，但這有兩個不容忽略的破綻。」

「那就是……」

「第一，做母親的會因爲捍衛家族榮耀而毒死自己的兒子嗎？太過離奇了，我不喜歡。」

「常理來說不會。但艾瑟・瑞特利是那種強硬無比的古羅馬女家長，而且腦袋也不太正常，不能期待她有正常的行爲。我們知道她是個不折不扣的女暴君，在意家族榮譽到走火入魔，再加上是維多利亞時代過來的人，所以把性醜聞視爲奇恥大辱。綜合以上三點，一個可能的謀殺犯就呼之欲出了。你第二個反對的理由是什麼？」

「你的推測是喬治把心中對菲利斯・卡恩斯的懷疑說給他母親聽。你說凶手知道菲利斯的沉船計畫，下毒只不過是菲利斯的計畫失敗後的備案。這麼一來，要是瑞特利老夫人打算在說服不了卡飛斯後下手毒死兒子，她一定會更早就找卡飛斯談。照這情況看來，她有可能說服卡飛斯，但是當她正在說服他的時候，喬治就溺水死了。時間說不通。」

「你把我的兩個不同的理論混爲一談。我是假設瑞特利老夫人跟喬治都知道菲利斯在日記中所說的沉船計畫。但同時我也假設，他們母子倆一同討論過這件事，而喬治告訴母親，他打算一直假裝什麼都不知道，以便完完全全確認菲利斯的意圖，但到了緊要關頭他就會扭轉情勢，反將菲利斯一軍，告訴菲利斯他的日記已經在律師手中。事實上，喬治無意讓自己溺水，**他母親也知道**。但要是老太太說服不了卡飛斯，她就可能對喬治下毒。」

「是，當然，確實有可能，嗯哼。這眞是詭異的案子。瑞特利老夫人、費歐拉・瑞特利、卡飛斯和卡恩斯，每個人都有謀殺喬治・瑞特利的機會和動機。羅森小姐也是。她有機會動手，但看不出她會有什麼動機。怪的是，他們沒有一個有不在場證明。要是有個漂亮又有意思的不在場證明讓我有事可忙，我會比較開心。」

「那麼羅妲・卡飛斯呢？」

「不太可能。她從早上十點半到晚上六點都在切爾特翰打網球賽，之後又跟朋友去吃晚餐，九點過後才回家。當然了，我們還在查證所有連結，但目前爲止沒有絲毫證據能夠證明她可能在下午時間偷溜回來。那不是大型比賽，而且沒輪到她比的時候，她不是在當裁判，就是在跟認識的人聊天。」

「嗯。這似乎排除了她的嫌疑。那我們下一步呢？」

「我得再去找瑞特利老太太談談。那個藥瓶打中我頭時，我正要去找她。」

「可以讓我跟嗎？」

「請便，但請讓我負責講話。」

12

這是奈丘第一次有餘裕冷靜客觀地觀察瑞特利老夫人。那天早上在費歐拉的閨房裡場面太過難看，全無靜心思索的空間。此刻，他站在她的臥房中間，艾瑟·瑞特利從層層疊疊的厚重黑布幔對他伸出一隻手，恍如在為死亡天使雕像擺姿勢的模特兒。僵硬、合乎傳統喪家的哀悽面容下，五官寬大嚴厲，似乎既無悲傷，也無懊悔、同情或恐懼。比起模特兒，她更像雕像本身。奈丘不禁想，她內心深處有個石頭一般的核，一個反生命的基調，不再有生命活力。當她的手碰觸到他的手時，他匆匆瞥見她的前臂有顆大黑痣，上面還有長長的毛。畫面並不好看，但那似乎是她身上最像人的地方。接著，她把頭往布勞特的方向一擺，逕自走去一張椅子坐下來。剛剛的假象瞬間消失。她不再是死亡天使，不再是黑鹽柱，只是個兩腿粗短、跟身體對比小得離奇、步履蹣跚的醜老太婆。然而，奈丘的胡思亂想被瑞特利老夫人的第一句話一震，戛然而止。她直挺挺坐在高背椅上，雙手擱在寬大的膝頭，掌心朝上，向著布勞特說：「督察，我已經決定把這件傷心事當作一個意外。這對所有當事人應當都是最好的結果。一場意外。因此，我們不再需要貴單位的服務。你們多快方便把人手撤出我家？」

布勞特是個性情中人，也見過世面，不容易大驚小怪，更難得讓表情透露內心的訝異。但有一瞬間他毫無掩飾地對著老夫人目瞪口呆。奈丘拿出一根菸又匆匆收回菸盒。瘋了，眞的瘋了，這女人，他心想。布勞特的舌頭很快恢復鎮定。

「夫人，是什麼讓妳認爲這是意外？」他有禮地問。

「我兒子沒跟人結仇，瑞特利家的人不會自殺，因此意外是唯一的解釋。」

「夫人的意思是說，令郎**意外**把若干老鼠藥放進自己的藥瓶，然後喝下它？妳不認爲這有點……不太可能嗎？妳怎麼會認爲他會做出這麼非比尋常的事？」

「督察，我又不是警察，」老夫人異常冷靜地說，「查清意外發生的詳細經過，我以爲是你們的工作。我現在是要請你們盡快完成工作。想必你可以理解，家裡到處是警察，對我有多麼不方便。」

奈丘暗想，我要是把這件事告訴喬琪雅，她絕不會相信。這場對話應該妙趣橫生才對，不知怎的卻沒有。布勞特用暗藏危險的委婉語氣說：「那麼夫人，是什麼原因讓妳這麼急著說服我——還有妳自己，這是一場意外？」

「我自然是想要保護家族的名譽。」

「比起正義，妳更在意名譽？」布勞特說，語氣頗令人動容。

「這句話未免太過放肆。」

「或許有人也認為妳指揮警察怎麼辦案也太過放肆。」

奈丘差點就要拍手歡呼。布勞特大義凜然的一面跑出來了。這意想不到的攻擊讓老夫人微微臉紅。她低頭注視已經陷進肥胖手指的婚戒，然後說：

「你說正義嗎，督察？」

「如果我告訴妳，我們能證明令郎是死於他殺，妳難道不希望將犯人繩之以法嗎？」

「他殺？你們可以證明？」瑞特利老夫人用毫無生氣、沉重如鉛的聲音說，然後語調一轉，問：「誰？」聲音變成熔化的鉛。

「目前為止我們還沒找出凶手。但如果能有妳的幫助，我們或許可以找到正確的答案。」

布勞特開始帶她重溫星期六傍晚發生的事。奈丘飄忽不定的注意力被一張照片抓住。照片擺在他右手邊的腎形茶几上，配上華麗的金框，兩邊擺了很多獎牌，前面一個碗裡滿滿都是不凋花，後面兩個高腳花瓶塞了亂七八糟的玫瑰，花瓣已經開始凋謝。然而，奈丘感興趣的不是這些紀念品，而是照片裡的男人：一名身穿軍裝的年輕人，想必是瑞特利老夫人的丈夫。蓬鬆的小鬍子和長長的鬢角藏不住細緻、優柔寡斷、過度敏感的五官；比起軍人，更像九〇年代的詩人，跟菲爾五官相似得驚人。奈丘暗暗對照片說：我要是你，面對在南非中彈身亡或跟艾瑟·瑞特利共度一生的選項，我也會選擇痛快一死。但你有雙奇特的眼睛。據說瘋狂會隔代遺傳，有你跟艾瑟這樣的祖父母，難怪菲爾的神經那麼敏感。可憐的孩子。我很想更深入瞭解這個家的歷史。

布勞特督察說：

「星期六下午妳跟卡飛斯先生談過話？」

老太太的臉色一暗。奈丘不自覺地抬起頭，以爲會看見雲朵掠過太陽，但房間裡的百葉簾全都拉下來了。

「沒錯，」她說，「但那件事你不會感興趣。」

「那要由我來判斷，」布勞特板著臉說。「妳拒絕說出你們談話的內容？」

「正是。」

「妳要求卡飛斯先生切斷他太太跟你兒子之間的關係，還責怪他縱容這種關係，後來他說要是他太太要求，他願意離婚，妳就開始……開始對他破口大罵。這些妳承認嗎？」

布勞特說話時，瑞特利老太太紅潤的臉氣得發紫，開始抽搐。奈丘以爲她會哭出來，但她開口時，聲音卻震驚又氣憤。「那傢伙跟皮條客有什麼兩樣，我這麼跟他說。鬧出這種醜事就夠丟臉了，還故意助長——」

「如果妳那麼反對，爲什麼不找妳兒子談？」

「談過了，但他還是一意孤行——這種個性恐怕是我這邊的家族遺傳的。」她說，口氣狡猾而得意。

「妳是否感覺到卡飛斯先生爲了此事對令郎懷恨在心？」

「沒——」瑞特利老太太一頓，眼底又浮現狡猾的神色。「至少我沒注意到，但當時我當然情緒很激動。無論如何，他那種態度確實非常奇怪。」

老毒舌，奈丘暗想。

「談完之後，卡飛斯先生據我所知就直接走出這棟屋子。」布勞特跟之前見卡飛斯時一樣，微微加重「直接」二字。

根本就是個誘導性的問題，眞狡猾，奈丘想。

瑞特利老太太說：「我想是。不過，現在回想起來，他不可能直接走出去。當時我剛好站在窗邊，他離開這個房間過一、兩分鐘我才看到他走上車道。」

「妳兒子想必跟妳提過菲利斯．蘭恩的日記？」布勞特又故技重施，趁當事人的注意力轉向時拋出一個關鍵問題。可惜他的策略沒達到明顯的效果，除非瑞特利老太太聽到問題時的倨傲神情別有深意。

「蘭恩先生的日記？我恐怕沒聽懂你的話。」

「那麼令郎想必跟妳說過，他發現蘭恩先生有意取他性命？」

「請不要用那種口氣跟我說話，督察，我不習慣別人對我大小聲。至於你說的那本無中生有的日記……」

「眞有這本日記，夫人。」

「那麼的話，你不是應該結束這場我認爲極不愉快的對話，趕緊去逮捕蘭恩先生嗎？」

「一件事一件事來，夫人，」布勞特的口氣一樣冷硬。「妳曾經感覺到令郎與蘭恩先生之間的敵意嗎？妳是否曾對蘭恩先生在這個家的位置感到困惑？」

「我很清楚他是因爲莉娜那個可惡的女人才會在這裡。這件事我不想討論。」

奈丘暗自分析：她以爲喬治和菲利斯之間的衝突是因爲莉娜。他低眉垂眼問：

「上禮拜費歐拉跟喬治吵架時到底說了什麼？」

「史川吉威先生！難道每件微不足道的家務瑣事都要一一翻出來討論？我認爲這非但不必要，還很不尊重人。」

「家庭瑣事？不必要？如果妳認爲微不足道，爲什麼那天早上要跟菲爾說：『你母親需要我們所有人的幫助。你知道警察可能會發現她上禮拜跟你父親吵架時說的話，那說不定會讓他們以爲——』以爲什麼？」

「這件事你最好去問我媳婦。」老太太不肯再多說。又問了幾個問題之後，布勞特便起身告辭。

奈丘心不在焉地踱去腎形茶几前，伸手去摸照片的上邊框，然後說：「瑞特利太太，這位應該就是妳丈夫？他在南非爲國捐軀了是嗎？是哪一場戰爭？」

這句無傷大雅的話造成電擊般的驚人效果。瑞特利老夫人跳起來，動作快得嚇人，有如昆蟲，彷彿有五十條腿，而不是兩條。她切過房間，掀起一股樟腦味，衝上前把身體擋在奈丘和照片中間。

「拿開你的手，年輕人！你們要在我家裡到處打聽刺探到什麼時候？」她呼吸吃力，拳頭緊握，聽著奈丘連聲道歉，然後轉向布勞特。「搖鈴就在你旁邊，督察。麻煩你搖一下鈴，女傭就會來送客。」

「我想我們自己出去就行了，夫人，謝謝。」

奈丘跟著他下樓轉進院子。布勞特吁了口氣，抹抹額頭。「呼，眞是個固執的老傢伙，讓我倒盡胃口，我要不客氣地說。」

「不要緊。你用大無畏的勇氣予以反擊——勇於成爲但以理[44]。接下來呢？」

「還是沒有進展，一點也沒有。她要我們把這一切看成意外，後來我暗示卡飛斯可能是凶手，她就馬上上鉤，改口說卡飛斯沒有立刻走出去，反應有點太過刻意。我們得查出誰說的才是眞的，但大概會聽到一些推卸責任的解釋。另一方面，她怎麼樣都不肯多談菲利斯．卡恩斯或費歐拉．瑞特利的事。看來她對卡恩斯的日記眞的一無所知，至少我的感覺是這樣，這麼一來你的理論就有點站不住腳。她對家族名譽是很執迷沒錯，但這我們早就知道了。而她對卡飛斯的影射，很可能純粹只是因爲不喜歡他。所以就算凶手是她，她剛剛也沒有洩露任何線索。我們又回到了原點，也就是菲利斯．卡恩斯本人，就算你不喜歡也沒辦法。」

「不過，還是有件事需要深入調查。」

「你是指喬治跟他太太之間的爭吵？」

「不是，我總覺得那沒什麼。費歐拉或許情緒失控說了些狠話，但一個忍受丈夫欺壓十五年的女人，不會突然發狠殺了丈夫，這不符合她的個性。不，我指的是『老夫人和照片的奇特事件』——想必華生會這麼下標題。」

44 《聖經》中被擄到巴比倫王國的希伯來人，不但在巴比倫受重用，也讓巴比倫王敬佩他信仰的神。

13

布勞特想去找費歐拉．瑞特利問話，因此奈丘獨自返回旅館。他抵達時，喬琪雅正跟菲利斯．卡恩斯在院子裡喝茶。

「菲爾呢？」菲利斯劈頭就問。

「在他家，家裡發生了一些事，他母親等會兒應該會帶他過來。」奈丘說了菲爾爬上屋頂還試圖毀掉瓶子的事。他說話時，菲利斯愈來愈不安，最後再也無法克制自己。

「可惡，」他大聲說，「你就不能別把菲爾扯進來？那樣的孩子被逼來逼去，我想到就渾身不舒服。我不是說你，但那位布勞特先生不明白這對一個極度敏感的小孩會造成什麼傷害。」

奈丘到現在才知道菲利斯．卡恩斯的神經有多緊繃。之前他看過菲利斯在院子裡漫步、跟菲爾一起唸書、跟喬琪雅討論政治，印象中他是個安靜和善的男人，生性內斂，但時不時會突然自信滿滿或語帶譏諷。這個人或許不好相處，但即使在最尖銳、最難以親近的時刻也是個討人喜歡的人。看他突然情緒失控，奈丘才想起他身上背負的嫌疑對他是多麼沉重的壓力。

他和氣地說：「用不著擔心布勞特，他至少還挺有人性的。菲爾得經歷這些事，恐怕是我的錯。有時候我很容易忘記他年紀還小，甚至會把他當作同輩一樣對待。況且，說是他把我拖到屋頂上也不誇張。」

一陣沉默，氣氛安適。喬琪雅從隨身攜帶的菸盒裡抽出一根菸。蜜蜂繞著對面圓形花圃的大理花嗡嗡飛。遠處傳來駁船長幽幽的長聲叫喊，提醒水閘看守人船要接近了。

「我最後一眼看見喬治·瑞特利，」菲利斯像在對著自己說，「他就是從那裡的水閘花園走過去，把花都踩爛。當時他正在氣頭上，什麼東西擋住他，他都會直接踩過去。」

「那種人是該給他一點教訓。」喬琪雅同情地說。

「是有人給了他教訓。」菲利斯的嘴唇繃成冷酷的一直線。

「事情還順利嗎，奈丘？」喬琪雅問。她丈夫蒼白的臉、皺起的眉頭、任性地垂在額前的一綹頭髮、孩子般倔強嘟起的下唇，全都讓她難受得不得了。他累壞了，一開始就不該接下這個案子。她希望布勞特、瑞特利一家人、莉娜、菲利斯，甚至菲爾都沉入大海。但她還是盡量保持語氣冷靜中立。奈丘不喜歡像小孩一樣被呵護，而且菲利斯．卡恩斯就在旁邊。他先是失去妻子，後來又失去唯一的兒子，無論如何喬琪雅都不忍心讓他聽到他再也聽不到的溫柔語調。

「順利？不太順利。這似乎是那種既單純又棘手的案子，沒有一個人有不在場證明，誰都可能是凶手。不過布勞特說的沒錯，我們終究會破案的。對了，菲利斯，你知道喬治．瑞特利根本沒有暈眩的問題？」

菲利斯．卡恩斯眨眨眼，頭歪向一邊，像隻歌鶇從眼角觀察周圍的動靜。

「暈眩？有誰說他有嗎？哦，天啊，我都忘了，你是指採石場那件事。但他爲什麼要這麼說？我不懂。你確定嗎？」

「很確定。你看出其中的涵義了嗎？」

「我想，其中的涵義就是，我在日記裡故意撒了謊。」菲利斯坦白地說，眼神戒慎膽怯。

「還有另一個可能，那就是喬治早就懷疑你別有居心或起了疑心，所以才說自己怕高，這樣能跟你保持距離又不會讓你懷疑他已對你起疑。」

菲利斯轉向喬琪雅。「妳一定聽得一頭霧水吧。我們在說有一次我試圖把喬治推下採石場的懸崖，但最後一刻卻讓他逃走了。眞可惜，不然就會省了大家很多麻煩。」

他的輕浮語氣讓喬琪雅不舒服。但她心想，可憐的傢伙，他現在神經很脆弱，控制不了自己。她自己也曾陷入同樣的窘境，至今記憶猶新，當初是奈丘把她解救出來的。如果有人能救他，此人非奈丘莫屬。她瞥了丈夫一眼，只見他像喝醉一般低頭垂眼，這表示他的腦袋正在高壓運轉中。親愛的奈丘，她心中暗唸，我心愛的奈丘啊。

「你認識瑞特利老夫人的丈夫嗎？」奈丘問菲利斯。

「不認識，只知道他是軍人，在南非戰爭[45]中喪生。這對他來說是仁慈的解脫，我必須說，可以逃離艾瑟．瑞特利。」

「是啊。不知道哪裡可以問到他的事，退役軍人社交圈我不熟。你朋友呢？你

45 又稱波耳戰爭，指一八九九到一九〇二年原南非共和國對抗英國的戰爭。

在日記前面提過他——契文漢、史里文蘭、史里文漢……對了，史里文漢上將。」

「那就好像說：『你從澳洲來的是嗎？你在那裡有沒有碰過我一個叫布朗的朋友？』」菲利斯打趣地說。「我想像不到史里文漢上將會知道希瑞爾·瑞特利的事。」

「仍然值得一試。」

「可是為什麼？我看不出有何必要。」

「我有種值得深入探究瑞特利家族史的奇怪預感。我想知道今天下午我問瑞特利老太太一個關於她丈夫無傷大雅的問題時，她為什麼會慌成那樣。」

「你對家族醜事的敏感程度也太過火，」喬琪雅說。「我好像嫁給一個勒索犯。」

「這樣吧，」菲利斯若有所思地說，「如果你想收集資料，我在陸軍部有個認識的人可以幫你查閱檔案。」

奈丘對這個好心提議的反應說是不知感激也不為過。他用親切無比但也嚴肅至極的語調說：

「你為什麼不希望我認識史里文漢上將，菲利斯？」

「我……你這話也太可笑了，我完全不反對你們認識，只是提議一個更實際的方式好幫你得到你想要的資料。」

「好吧，抱歉。請勿見怪，無意冒犯。」

一陣尷尬的沉默。奈丘顯然並不買單，也知道菲利斯看得出來。片刻後菲利斯露出微笑。

「這恐怕並非事實。其實是我很喜歡這位老朋友，我想我的潛意識很抗拒讓他發現我的眞面目。」菲利斯苦笑一聲。「一個連殺人都不會的殺人兇手。」

「這件事恐怕遲早都會公諸於世，」奈丘就事論事地說。「但如果你還不想讓史里文漢知道這件事，我可以只問他希瑞爾·瑞特利的事，不把你牽扯進來。你只要介紹我們認識就好了。」

「好吧。你想要什麼時候過去？」

「我想明天找個時間。」

又一陣漫長的沉默——就像大雷雨逼近，最後雨卻沒下下來就經過，但隨時都會掉頭回來的時刻，鬱塞在空氣中的寂靜不安。喬琪雅看得出來菲利斯渾身在發抖，最後他急得滿臉通紅，發出的聲音大得不自然，就像一個終於鼓起勇氣表白的戀人。

他說：「布勞特他……打算逮捕我嗎？我再也受不了這樣懸著一顆心。」他的手指彎起又伸直，垂在椅子兩邊。「我很快就會去認罪，好讓這件事落幕。」

「不壞的主意，」奈丘沉吟道。「你去認罪，但因爲人不是你殺的，布勞特就會把你的自白撕成碎片，說服自己凶手不是你。」

「奈丘，看在上帝分上，別那麼冷酷無情！」喬琪雅厲聲喊。

「那對他只是遊戲，就像挑竹筷。」菲利斯咧咧嘴。他似乎已經恢復鎮定。奈丘有點難爲情，心想他一定要改掉邊思考邊說話的習慣。

他說：「我不認爲布勞特目前有想逮捕誰，他很認眞在辦案，做事喜歡十拿九穩。你要記住，警察要是抓錯人也要付出代價，不允許遺忘，那對他們來說一點好處也沒有。」

「我希望他拿定主意之後，你可以給我打個暗號之類的，那麼我就可以刮掉鬍子，假裝跛腳，偷偷溜出警察的封鎖線，坐船去南美洲。偵探小說裡的逃犯不都逃到那裡。」

喬琪雅感覺眼淚刺痛了雙眼。菲利斯拿自己的困境開玩笑的樣子，可憐到讓人不忍，同時也令人尷尬。他有勇氣，卻沒有開這種玩笑需要的豪氣。這個笑話太露骨，看得出來他也感覺到了。他顯然亟需有人讓他安心，奈丘爲什麼就不肯給他？那並不需要付出太高的代價。喬琪雅靈機一動，說：「菲利斯，今天晚上何不叫莉娜過來。我今天跟她談過了，她相信你，你知道吧。她愛你，想幫你想破了頭。」

「我現在是殺人嫌犯，不該跟她再有瓜葛，這對她不公平。」菲利斯固執又有點冷淡地說。

「但公不公平想必只能由她自己來判斷。就算你是殺了瑞特利的人，她也毫不在乎，她只想跟你在一起。老實說，你傷她傷得很深。她不要你的騎士精神，她要的是**你**。」

她說話時，菲利斯的頭不停左右扭動，彷彿身體緊緊綁在椅子上，而她的話就像石頭往他臉上丟。但他不會承認自己有多痛，而是躲回內心深處，僵硬地說：「我恐怕沒辦法談這件事。」

喬琪雅懇求地瞄了奈丘一眼。但就在這時候，碎石車道響起腳步聲，三個人同時抬起頭，暗自因爲及時到來的干擾鬆了口氣。只見布勞特督察走上車道，旁邊跟著菲爾。

喬琪雅心想，謝天謝地菲爾來了；他就像大衛，能一掃我們這裡這位掃羅心中的陰霾[46]。

奈丘心想，爲什麼是布勞特帶菲爾來？不是費歐拉．瑞特利要帶他來嗎？這意謂布勞特發現了費歐拉的祕密嗎？

菲利斯心想，這個警察跟菲爾在一起做什麼？天啊，他該不會逮捕菲爾了吧！當然不可能，別說笑了，不然他就不會帶菲爾過來了。但光是看到他們兩個人站在一起——這種狀況再持續下去自己一定會發瘋。

46 典出《撒母耳記上》第十六章第二十三節，大衛擅彈琴，琴聲能驅走掃羅王身上的邪靈。

14

等到只剩下他跟奈丘兩個人，布勞特才說：「我跟瑞特利太太進行了很有趣的對話。」

「你說費歐拉？她說了什麼？」

「首先，我問了她跟她丈夫吵架的事。她毫不隱瞞，至少我的感覺是這樣。他們顯然是爲了卡飛斯太太而爭吵。」

布勞特戲劇性地頓了頓，以示強調。奈丘專注地檢視香菸頭。

「瑞特利太太要她丈夫停止跟羅妲．卡飛斯私通，或不管你怎麼稱呼。根據她的說法，她強調的不是她個人的感受，而是那對菲爾造成的傷害，看來那孩子知道這件事，但無疑並不明白是怎麼一回事。後來喬治直截了當問她是不是想離婚。費歐拉．瑞特利說她剛讀完一本小說，書中的兩個小孩父母離異。我會說她是個會把小說當眞的女人，**確實**有這樣的人，不是嗎？總之，那兩個小孩——我是說小說裡的小孩——因爲父母離異，精神飽受折磨，其中一個是小男孩，讓她想起菲爾。所以她跟丈夫說，無論如何她都不會同意離婚。」

布勞特深吸一口氣，奈丘耐心等著。他太清楚布勞特這個蘇格蘭佬不會在自己說的故事裡留任何想像空間。

「瑞特利太太這種態度大大激怒了丈夫。喬治無疑很痛恨兒子把愛全都給了媽媽，但我想他更痛恨菲爾完全不像自己一般如鐵打的，如果可以這麼說的話。他想打擊費歐拉，也知道用菲爾的事打擊她殺傷力最強，所以突然說決定不送菲爾去上寄宿學校，等他完成義務教育就讓他進修車廠工作。我不知道他是不是認眞的，但他太太卻當眞了，眞正的爭吵就是從那裡開始的。她一氣之下就說，她寧願殺了他也不會眼睜睜看他毀掉菲爾的人生。這無疑就是瑞特利老太太偷聽到的話。總之，兩個人吵得很凶，最後喬治脾氣失控，開始對太太動粗。菲爾聽到媽媽的哭喊聲，衝進房間想阻止父親，最後場面弄得很難看。」布勞特嗯哼一聲，冷冷地總結。

「所以費歐拉還是脫離不了嫌疑？」

「我不會這麼說。事情是這樣的。爭吵過後，她去求瑞特利老夫人說服喬治不要眞把那孩子送去修車廠。老夫人是個勢利眼，我敢說你也有同感，所以第一次跟費歐拉站在同一陣線。我去問了她，她說她說服喬治答應讓菲爾繼續學業。所以，費歐拉殺害丈夫的動機就站不住腳了。」

「而且也不可能是因爲嫉妒卡飛斯太太，因爲要是如此，她應該要毒死她，而不是喬治吧？」

「有道理，雖然這都只是理論。」布勞特繼續冗長的陳述。「跟費歐拉．瑞特利談的時候，我又得到另一個資訊。我問了她星期六下午的事。卡飛斯跟瑞特利老夫人談過之後，顯然去找費歐拉講了幾句話，她還目送他走出門。所以卡飛斯沒有時間在瑞特利的通寧水裡下毒。」

「既然如此，他爲什麼說自己直接走出屋子，對我們撒這種不必要的謊？」

「其實他沒有。你記得他說：『如果你是要問，我有沒有爲了在瑞特利的藥裡放番木鱉鹼而半途繞路，答案是沒有。』」

「模稜兩可的說法。」

「對，我同意。但我認爲他會說出那種模稜兩可的話，更可能是因爲不想提起他跟費歐拉．瑞特利的對話。」

奈丘豎起耳朵。這場對話終於有了一些進展。

「所以他們談了什麼？」他問。

布勞特故意停頓片刻，表情嚴肅如法官，最後才說：「兒童福利。」

「你是指菲爾的福利？」奈丘困惑地問。

「不，就是指兒童福利。」布勞特的眼睛一閃一閃。他沒有很多機會可以尋奈丘開心，所以只要抓到機會就會好好把握。「根據費歐拉．瑞特利所說，這裡計畫要成立兒童福利中心，我想不出懷疑她的理由。地方政府到時會撥款補助，其餘的就靠私人捐款。費歐拉也是負責募款的委員會成員，卡飛斯先生就是去告訴她，他想匿名捐一大筆錢。他就是那種不准自己的左手知道右手在幹嘛的人[47]，所以才會隱瞞他跟費歐拉．瑞特利的對話。」

「我的天啊，『與純潔的心靈親切交往』[48]。所以卡飛斯出局了，還是他有可能在去找瑞特利老夫人的路上溜進飯廳？」

「那個可能也排除了。來的時候我跟那個孩子談過。卡飛斯先生走進屋裡時，他正好在飯廳。因爲門開著，所以他看見卡飛斯穿過走廊直接上樓。」

「所以最後又繞回瑞特利老夫人。」奈丘說。

兩人在飯店花園的水邊踱來踱去。他們左手邊前方十幾公尺遠有一小叢月桂樹。奈丘無意中發現樹叢在微微顫動，在這樣無風的夜晚很不尋常。他心想，大概是狗吧。若是當時他走去看個究竟，很多人的生命或許就會全然改觀，但他沒有。

布勞特繼續說著，像在辯論似地提高了聲音。「史川吉威先生，你很固執。但你無法說服我目前為止所有證據沒有指向菲利斯．卡恩斯。我承認瑞特利老夫人脫離不了嫌疑，但那種推理太過理論、太偏離現實。」

「所以你打算逮捕菲利斯嗎？」奈丘問。兩人轉過身，再度經過灌木叢。

「我看不出有其他選擇。他有犯案的機會，動機也遠比艾瑟．瑞特利強烈，而且幾乎是親口認了罪。當然還有一些例行工作得做。我還抱著有人可能看到他從修車廠拿走老鼠藥，或可能在他借住瑞特利家的房間裡找到微跡證據的希望，雖然目前為止並無所獲。藥瓶碎片或許可以採到指紋，但泡在排水溝裡那麼久大概很難。再說，偵探小說家也不會笨到留下指紋。所以我不會立刻逮捕卡恩斯，只會盯著他，因為罪犯通常是在犯案之後、而不是之前犯下致命的錯誤，這你也很清楚。」

47 典出《馬太福音》第六章第三節。原文為：你施捨的時候，別讓左手知道右手所做的。

48 約翰．濟慈的詩〈哦，孤獨〉（O, Solitude）。

「那大概就只能這樣了。不過，明天我會去見一個叫史里文漢上將的傢伙。要是沒有帶禾捆回來[49]，我也絲毫不意外。布勞特總督察，你最好開始接受自己又要輸了的事實。我相信這個問題的解答在菲利斯．卡恩斯的日記裡就能找到，只要我們知道到哪裡找，還有怎麼找。我認爲它一直就在我們眼前盯著我們瞧，所以我才想深入挖掘瑞特利家的歷史。我有種感覺，那會讓我們看見之前從沒在日記上發現的關鍵點。」

49 出自《詩篇》第一二六章第六節。原句為，帶種子流淚出去的人，要抱著禾捆歡樂地回來。

15

當晚，喬琪雅已經就寢。她知道奈丘凝神思索、當她是玻璃一樣眼神從她身上直穿而過時，最好別去打擾他。但她心想，上帝啊，我但願他壓根沒來這裡，他累壞了，一不小心就會神經衰弱。

奈丘正坐在旅館閱覽室的書桌前。他的腦袋在這裡運作效率頗高，是他較爲特殊的怪癖之一。好幾張筆記紙擺在他面前，他開始慢慢寫下……

莉娜・羅森

取得毒藥的機會？

有。

在通寧水裡下毒的機會？

有。

殺人動機？

一、出於對費歐拉和菲爾的愛，所以想除掉造成他們痛苦的喬治．瑞特利。不夠充分。二、對喬治的恨意。因為之前跟他有染、怪他撞死馬丁．卡恩斯。不可能，太離譜。莉娜還沉浸在對菲利斯的愛戀中。三、為了錢。但喬治把錢平均分給他太太和他母親，而且也沒留下太多錢。嫌疑排除。

費歐拉．瑞特利

取得毒藥的機會？

有。

在通寧水裡下毒的機會？

有。

殺人動機？

受夠了喬治，因為：一、羅妲，二、菲爾。但菲爾的事已經解決，而她也忍受了喬治十五年，怎麼可能突然爆發？若是因為嫉妒羅妲，她應該對羅妲下毒，而不是喬治。嫌疑排除。

詹姆士．哈里森．卡飛斯

取得毒藥的機會？

有。（遠比其他人都多）

在通寧水裡下毒的機會？

顯然沒有。星期六直接走進艾瑟．瑞特利的房間（菲爾的證詞）。從那裡下樓之後就去找費歐拉談話，後者目送他走出屋子（費歐拉的證詞）。之後有充分的不在場證明（根據寇斯比的調查）。

殺人動機？

嫉妒。然而，如他本人所說，要是他想阻止喬治和羅妲亂來，只要揚言要終止跟喬治的合夥關係就行了，因為公司財務掌握在他手裡。似乎可排除嫌疑。

艾瑟．瑞特利

取得毒藥的機會？

有。（雖然她遠比其他人少去修車廠）

在通寧水裡下毒的機會？

有。

殺人動機？

走火入魔的家族榮耀。想盡辦法要阻止喬治和羅妲的姦情，更無法容許離婚醜聞爆發。她勸卡飛斯當機立斷，但卡飛斯告訴她，要是羅妲想，他願意跟她離婚。從她對待費歐拉和菲爾的方式可見，她可以是個毫不留情、相信「強權即公理」的女暴君。

奈丘仔細看過每一張筆記，接著又全部都撕成碎片。突然間有個想法冒出來，於是他又拿了另一張紙開始寫……

我們會不會忽略了費歐拉和卡飛斯之間的合作關係？有趣的是，某程度來說，他們互相給了對方不在場證明（實際上和心理上）。卡飛斯是四個人當中最容易取得老鼠藥的一個，而費歐拉要在通寧水裡下藥也不是問題。雙方因為自己另一半出軌而希望破滅，進而向對方求助，也非難以想像的事。但為什麼不乾脆一起一走了之，而要選擇毒死喬治如此激烈的手段？

可能的答案：喬治不願意跟費歐拉離婚，而羅妲．卡飛斯也不願意跟她先生離婚，兩人如果一走了之，菲爾就會落到喬治和艾瑟．瑞特利手中，費歐拉一定不願意看到這種結果發生。有可能。必須更徹底調查費歐拉和卡飛斯之間的關係。但是，除非下毒和菲利斯預備下手謀殺喬治剛好在同一天純粹是巧合（難以想像），不然凶手一定知道菲利斯的殺人計畫，要不是經由喬治得知，要不就是自己發現了日記。費歐拉和卡飛斯不太可能經由喬治得知這件事，但費歐拉或許有可能發現那本日記。

結論：不能忽略卡飛斯和費歐拉共謀的可能。此外，值得注意的是，每次我到瑞特利家，卡飛斯都不在。他既是喬治的合夥人，又是瑞特利家的朋友，照理說應該常在場，盡可能給予費歐拉需要的幫助和安慰。他不在就可能表示，他不願意讓人有機會懷疑他跟費歐拉之間有不可告人的關係。另一方面，卡飛斯接受布勞特的問話時，態度十分開誠布公，前後一致，但同時也違背常理，讓人難以相信。罪犯要假裝對受害者採取前後一貫的道德態度很難，遠比執行事先擬好的計畫（不在場證明、隱藏動機等等）更難。因此我暫時傾向於相信卡飛斯的清白。

這麼一來就只剩下艾瑟．瑞特利和菲利斯。表面來看，目前菲利斯的嫌疑最大。方法、動機等等都有，甚至他也承認自己有殺人意圖。但日記本身就讓他的嫌疑不攻自破。是可以想像（但也只是可以想像而已）他準備了備案（下毒），以防沉船計畫失敗。但事實上，我很難說服自己相信他會冷血或瘋狂到投入這麼複雜的計畫。若暫時假設真是如此好了。真正難以想像的是，後來在船上情勢逆轉，喬治說他已經把日記交給律師，只要自己有三長兩短，日記就會公諸於世之後，菲利斯還會貫徹下毒的計畫。

在得知喬治看過日記後，這麼做就等於把頭放進絞索，兩腿一蹬。若是菲利斯提前在通寧水裡下了毒，他肯定會跟喬治提毒藥的事，不然也會在晚餐前溜進屋拿走藥瓶（因為他知道喬治一死，他也完了）。當然了，除非他因為馬丁而對喬治恨之入骨，只要能殺了喬治，就算跟他同歸於盡也無所謂。但如果他根本不顧自己的死活，何必又要大費周章設計一個看似溺水意外的殺人計畫，又何必找我來解救他？唯一可能的解釋是，菲利斯沒有在通寧水裡下毒。我不認為他殺了喬治·瑞特利，這違反了所有可能性和邏輯。

所以只剩下艾瑟·瑞特利有嫌疑。一個刻薄狠毒的女人。但她會殺了自己的兒子嗎？如果真的是她，會有方法加以證明嗎？此案是那種心高氣傲的人會犯的典型命案，而艾瑟·瑞特利就給人這種感覺。她從未試圖要轉移話題，不過想當然也沒必要，因為她知道所有嫌疑都會落在卡恩斯身上。她也沒有試圖要為自己製造星期六下午的不在場證明，而那正是藥瓶被動過手腳的關鍵時段。她只要在藥裡下毒，頂著肥臀坐著等喬治喝下去就好了，然後再對布勞特聲明，這件事稱之為意外才恰當，當自己是「最高監督者及人世間的裁判」。在喬治的藥裡下毒如此大膽粗糙的殺人手法，也很符合艾瑟·瑞特利的個性。但動機夠強烈嗎？到緊要關頭時，她真能依照「關係到榮耀的時候，殺人就不算謀殺」這個信念行動嗎？也許這點我該從史里文漢或他的好友當中收集更多資訊才能判斷。在此同時……

奈丘疲憊地嘆了口氣，瀏覽自己寫的東西，然後擠擠臉，點燃一根火柴把紙給燒了。外面大廳的直立大鐘發出長而吃力的喘息，倒抽一聲，宣告已經午夜。奈丘拿起裝著菲利斯日記副本的檔案夾。攤開的那頁有個地方抓住他的目光。他身體一僵，疲憊的腦袋突然間警醒過來。他開始翻頁，尋找其他線索。一個奇特的念頭漸漸在他腦中成形，一個太過合乎邏輯、太過乾淨俐落、太有說服力的圖像，使他不得不產生懷疑。那太像你在半夢半醒之間寫下的一首精彩好詩，在想像破滅的晨光下再看卻覺得平庸、無聊或不知所云。奈丘決定留到早上再說，他現在的狀況無法證明它的眞僞，只能先不去管其中的殘酷深意。他打著呵欠起身，把檔案夾夾在腋下，邁步走向閱覽室的門。

他關掉電燈，打開門走出去。外面的走廊如死亡一般漆黑。奈丘摸黑穿過走廊，走向對面牆上的電燈開關位置，一手摸著大門，一手摸索前進。他心想，不知道喬琪雅睡著了沒有。就在這時候，黑暗中傳來咻的一聲，有個東西撲上前，往他的頭側一敲……

漆黑。令人痛苦的燈光打在一片黑色天鵝絨窗簾上。光線搖曳、飛舞、顫動，終至熄滅。一場煙火芭蕾。他看著它卻不好奇，只希望那些燈光別再胡鬧，因爲他想打開黑色窗簾，燈光卻擋著他。此刻燈光不再撒野，但黑色天鵝絨窗簾還在。現在他可以走上前打開窗簾了，但他得先移開好像綁在他背上的硬木板。怎麼會有木板綁在他背上？他一定是背著廣告看板吧。有一刻他一動也不動，爲這個聰明的推論沾沾自喜，接著他開始走向黑色窗簾。一陣令人目眩的劇痛馬上穿腦而過，煙火芭蕾再度如火如荼展開。他讓煙火表演到完，然後再小心翼翼讓腦袋重新開始運轉——離合器如果踩得太急，整個裝置都會解體。

他沒辦法走向那片漂亮的黑色天鵝絨窗簾，因爲因爲因爲他站不起來，而且綁在背上的根本不是木板，是地板，但是沒有人的背會綁在地板上。對，很有道理，如果可以這樣說的話。他躺在地上。躺在地板上。很好。他爲什麼躺在地上？因爲因爲因爲……他想起來了……不知什麼從天鵝絨窗簾後面飛出來打了他一下。狠狠的一下。那樣他就是死了。不管什麼問題現在都解決了。存活的問題。死後的生命。他死了，卻還意識到自己的存在。**我思故我在**。因此他活下來了。他是絕大多數人之一。是嗎？也許他沒有死。死人肯定不會覺得頭痛欲裂吧，那不在原本的設定裡，所以他還活著。他已經用無法……難以控制……不管是怎樣的邏輯加以證明。欸欸欸。

奈丘伸手去摸頭側。黏黏的，是血。他慢慢把自己撐起來，摸黑走到牆邊打開電燈。突然亮起的光線讓他一時頭昏眼花。等到可以張開眼睛時，他環顧走廊。空蕩蕩。除了地上的一支舊球桿和日記副本。奈丘覺得冷，襯衫的鈕釦都打了開。他扣好鈕釦，痛苦地彎腰拾起球桿和日記，然後吃力地爬上樓。

喬琪雅在床上昏昏欲睡地打量他。

「哈囉，親愛的，你去打了一回合高爾夫嗎？」她問。

「事實上，並沒有。有隻小鳥用這個打了我。不是板球，也不是高爾夫球。打在頭上。」

奈丘對著喬琪雅傻笑，然後就不失優雅地跌到地上。

16

「達令，你不能起床。」

「我一定要起床。今天早上我得去見那個史里文漢。」

「你頭都受傷了，怎麼能起床。」

「不管有沒有受傷，我都要去見他。叫人送早餐過來。車子十點會到。妳想的話可以跟我一起來，確保我不會突然發神經把繃帶扯掉。」

喬琪雅的聲音在顫抖。「哦，親愛的，想到之前我還一直提醒你把頭髮剪了。幸虧有濃密的頭髮，還有厚厚的腦袋，才救了你一命。你不能起床。」

「喬琪雅達令，我比任何時候都要愛妳，但我還是要起床。昨晚我漸漸看見了曙光，後來那隻小鳥就用球桿偷襲了我。我總覺得史里文漢能夠……再說，讓軍人保護我幾個小時也沒壞處。」

「什麼，你覺得對方還會再動手？是誰？」

「我怎麼知道。不，我不認爲對方會再動手，不太可能，尤其在光天化日下。

況且我襯衫的鈕釦都解開了。」
「奈丘，你確定自己是清醒的嗎？」
「很確定。」
奈丘吃早餐時，布勞特督察愁容滿面地走進來。
「尊夫人說你不肯躺在床上。你確定你可以——」
「當然可以。挨了球桿讓我愈挫愈勇。對了，你在上面有找到指紋嗎？」
「沒有。皮革太粗，留不下指紋。不過，我們發現一件怪事。」
「什麼事？」
「這裡的餐廳落地窗沒鎖，但服務生發誓他昨晚十點就鎖上了。」
「這有什麼奇怪？偷襲我的那隻小鳥一定想辦法溜進來又逃出去。」
「窗戶上鎖他要怎麼進來？你這是暗示他有共犯嗎？」
「他可能十點之前就溜進來，然後找地方躲起來，不是嗎？」
「是有可能。但外面的人怎麼會知道你深夜還沒睡，等到走廊的燈全部關掉，就能偷襲你而不被人看到？」
「我懂了，」奈丘一字一字地說，「我懂了。」

「這對菲利斯．卡恩斯不太有利。」

「你能夠解釋菲利斯爲什麼要花一筆不算少的錢請偵探來，之後還用高爾夫球桿敲他的腦袋嗎？」奈丘邊問邊打量一片土司。「那不就像……那句不太好聽的話……在自己窩裡拉屎嗎？」

「也許……也許他因爲某種原因希望你暫時無法行動。我必須說，這只是猜測。」

「這個嘛，那位……攻擊者的腦袋裡**想必**也有類似的想法。也就是說，他不只是在走廊上練習揮桿而已。」奈丘打趣地說，但腦袋在想，菲利斯確實對他要去見史里文漢上將一事頗爲抗拒。布勞特仍然一臉煩憂。

他說：「不過，眞正怪的不是這個。史川吉威先生，其實我們在落地窗的鑰匙和內側把手發現指紋，外側把手跟玻璃上也都有。感覺像是有人一手按著玻璃、一手握著把手把窗戶關上。」

「我不覺得這有什麼奇怪。」

「先聽我說完。上面的指紋不屬於旅館任何一位員工，也不屬於目前爲止涉案的任何人。除了你們，這裡也沒有其他房客。」

奈丘猛然坐直，頭部一陣刺痛。

「所以根本不可能是菲利斯。」

「這就是奇怪的地方。如果是卡恩斯，他應該會把你打昏再打開落地窗的鎖，讓人覺得是外面的人偷襲了你，還會記得用手帕去轉鑰匙。但會是誰在窗戶外面留下指紋？」

「一下子太多東西了，」奈丘哀叫著說。「把一個神祕陌生人拖進來，而且偏偏就在……哦，這事就留給你傷腦筋了。我去找史里文漢上將談的時候，你可有得忙了。」

半個小時後，奈丘和喬琪雅正要鑽進一輛出租車的後座。就在這個時候，一名女傭因爲布勞特一大早就到旅館調查而延誤了工作，現在才走進菲爾．瑞特利的房間……

快十一點時，他們的車在史里文漢上將的住屋外停下來。大門打開，他們走進一個寬闊的大廳，牆壁和地板鋪滿虎皮和其他打獵的戰利品。連喬琪雅看到從四面八方一閃一閃對他們咧嘴的尖牙利齒，都不由微微退縮。

「你想是不是有傭人每天早上都要擦牠們的牙齒？」她細聲問奈丘。

「很有可能。我眼睛好刺。牠們死的時候都還很小。」

女傭打開大廳左邊的門。翼琴叮叮咚咚的空靈琴聲微微流瀉而出。有人正在彈巴哈的C大調前奏曲，琴藝平平。那些精巧的音符似乎被大廳老虎的無聲吼叫給淹沒。前奏曲以如泣如訴的長長顫抖音結束，接著看不見的彈奏者開始勤奮地彈起賦格曲。喬琪雅和奈丘聽得入迷。最後音樂結束，他們聽見一個聲音說：「誰？什麼？怎麼不把人帶進來？怎麼能讓客人在走廊罰站。」

一名老紳士出現在門口，穿著燈籠褲和獵裝，頭戴粗呢漁夫帽，一雙淡藍色眼睛對他們溫柔地眨眼。

「在欣賞我的戰利品嗎？」

「是啊，還有音樂，」奈丘說。「世上最美的前奏曲，不覺得嗎？」

「很高興你這麼說。我同意，可惜我沒什麼音樂細胞。事實上，我還在學怎麼彈琴。幾個月前買了這件樂器。翼琴。很美的樂器。讓你覺得仙子會隨之起舞的音樂。很有靈氣，你知道。你說你貴姓大名？」

「史川吉威。奈丘・史川吉威。這位是我太太。」

上將跟他們兩人握手，用明顯的挑逗眼神打量喬琪雅。喬琪雅對他微笑，差點忍不住開口問這位迷人的老紳士，他是不是每次都戴粗呢漁夫帽彈巴哈。這對她來說是再適合不過的裝扮。

「我們有封法蘭克・卡恩斯的介紹信。」

「卡恩斯？是啊，可憐的傢伙，兒子出車禍，你知道，死了。慘劇。他沒有喪失理智吧？」

「沒有。爲什麼這麼問？」

「前幾天發生了一件很不尋常的事。在切爾特翰。我每週四都會去那裡的班拿茶館喝茶。先去看電影，然後喝茶。班拿小館有全英格蘭最好吃的巧克力蛋糕，你們該要嚐嚐看，我都會去大快朵頤。總之，那天我走進班拿茶館，我敢發誓坐在角落那桌的人是卡恩斯。小個子，留著鬍子。卡恩斯兩個月前離開村子，印象中他離開前就留起了鬍子。我自己不太喜歡鬍子。海軍可以留鬍子我知道，不過海軍從特拉法加海戰之後就沒打贏過，不知道他們是怎麼回事，看看現在的地中海就知道。我說到哪兒了？哦，對了，卡恩斯。我以爲那個人是卡恩斯，所以就走過去跟他說話，但他竟然像鼬鼠一樣一溜煙逃走，還有坐在他旁邊留著小鬍子的大塊頭，在我看來有點像無賴。我是說卡恩斯——或是我看成卡恩斯的傢伙——像鼬鼠一樣落荒而逃，還拉著身旁的無賴一起逃走。我喊他的名字，但他沒理我，所以我就跟自己說，那人不可能是卡恩斯。但後來我又想，也許那是卡恩斯，只是他失去了記憶，就像BBC上的那些傢伙——你知道求救訊號？所以我才問你卡恩斯有沒有喪失理智。他一直都怪里怪氣的，我說卡恩斯，但我想不通如果他腦袋正常，怎麼會跟那樣的無賴在一起？」

「你記得那是哪天的事嗎？」

「我看看。就是……」上將拿出一本口袋日曆開始查閱。「有了。是八月十二日。」

奈丘已經答應菲利斯跟上將見面時不會提起瑞特利命案，但上將卻不知不覺讓自己掉進事件的核心。此刻，他很想在這愛麗絲夢遊仙境般的迷人氣氛中放鬆下來，有個退役戰士彈奏翼琴，把頭上包著繃帶的陌生人和他遠近馳名的妻子登門拜訪當作再自然不過的事。史里文漢上將已經跟喬琪雅聊開了，兩人正說到緬甸北部山谷的鳥類。奈丘把身體往後靠，試圖把上將在茶館遇到的小插曲放進他暫時的推論中。他的思緒終於被上將的聲音打斷。「看來妳先生最近上過戰場。」

「是啊，」奈丘邊說，邊輕輕摸著頭上的繃帶。「其實是有人用球桿敲了我的腦袋。」

「球桿？我不意外。現今高爾夫球場上龍蛇雜處，什麼人都有。高爾夫本來就很沒意思，球固定在一個地方，就像在射一隻坐著不動的小鳥，算不上紳士的消遣。看看蘇格蘭人，高爾夫就是他們帶進來的，全歐洲最不文明的種族，沒有值得一提的藝術、音樂、詩，當然除了彭斯。看看他們吃的食物，哈吉斯[50]和愛丁堡棒棒糖。我啊，看一個民族怎麼吃，就知道他們有什麼樣的靈魂。至於馬球……那又是另外一回事了。以前我在印度玩過一點。話說高爾夫球不過就是拿掉所有難度和刺激的馬球。平庸版的馬球，改寫版。典型蘇格蘭人的作風，把什麼都縮減到最無趣的程度，甚至連詩篇也這麼幹。慘不忍睹。野蠻人。破壞狂。我敢打賭那個用球桿打你的傢伙有蘇格蘭血統。不過他們是很厲害的軍隊，大概就這點好。」

奈丘不得不打斷上將的長篇大論，解釋他的來意。他心繫瑞特利命案，想挖出更多他們的家族史。死者的父親希瑞爾·瑞特利曾經從軍，在南非戰爭中戰死。史里文漢上將能不能幫他介紹可能認識希瑞爾·瑞特利的人？

「瑞特利？老天，是他。我在報紙上看到這件命案，心裡就在想那傢伙會不會跟希瑞爾．瑞特利有關係。你說是他兒子？我不意外。那家人身上有不好的血液。這樣吧，喝杯雪利酒，我再慢慢把我知道的說給你聽。不會，一點都不麻煩。我早上十點多都會來杯雪利酒配餅乾。」

上將快步走出房間，拿著玻璃瓶和一盤薄餅回來。點心都備好之後，他開始娓娓道來，眼睛因爲回憶湧上心頭而發亮。

「有個關於希瑞爾．瑞特利的醜聞。我不知道報紙怎麼沒翻出舊帳，想必當時這件事比一般這種事壓得更徹底。戰爭前期他表現英勇，但我們開始占上風之後，他就垮了。他就是那種不屈不撓的人，你知道，心裡跟其他人一樣怕得要死，但連對自己都不會承認。然後有一天就爆發了。早期我們被波耳人修理時，我遇過他一、兩次。了不起的傢伙，我說那些波耳人。我呢，是個大老粗，但一眼就能看出與眾不同的人。希瑞爾．瑞特利就是這樣的人，從軍太糟蹋他了，應該去當詩人才

50 塞在羊肚裡的羊雜碎。

對。但即使在當時，他都給我有點……現在的人怎麼說……神經質的感覺。神經質之外，還有道德感太重。卡恩斯也是這種人，但現在先不說他。導火線是希瑞爾．瑞特利奉命率領分遣隊去燒燬幾座農場。細節我不清楚，但顯然他們抵達的第一座農場沒有及時疏散，遭遇到抵抗，瑞特利犧牲了一、兩個手下。後來情況有點失控，等他們掃蕩完反抗者之後，甚至沒查清還有沒有人留在裡面，就放火燒了建築物。結果有一個婦女跟她生病的孩子留在裡面，母子倆被活活燒死。告訴你，那種意外在戰爭中難免會發生。我自己也不喜歡，很悽慘。現在轟炸非戰鬥人員已經變成理所當然。幸虧我已經老到不用蹚這種渾水。總之，這件事斷送了希瑞爾．瑞特利的未來。他直接把軍隊帶回去，不肯去摧毀其他農場。這當然就等於違背軍令，爲此他付出慘重的代價，蒙受恥辱。可憐的傢伙，軍旅生活就此結束。」

「但我從瑞特利老夫人那裡得到的印象是，她丈夫戰死沙場。」

「差遠了。因爲農場事件蒙羞，偏偏他又渴望軍職，再加上在戰場上心理狀況愈來愈不穩定，最後導致精神崩潰。幾年之後死在精神病院裡的樣子。」

他們又談了一會兒。之後奈丘和喬琪雅依依不捨地告別親切的主人，坐上車。車子開回科茲窩連綿起伏的山丘時，奈丘不發一語。現在他看清了整件事，浮現的圖像讓他厭惡。他很想叫司機直接開回倫敦，丟下這個悲傷又該死的案子，但他擔心現在已經太遲了。

他們回到了塞文橋，車子喀扎喀扎開過通往釣手旅館的碎石車道。這間寧靜的旅館周圍似乎起了不尋常的騷動。有名警察站在門邊，一群人聚集在草皮上。車子開近時，有個女人從那一小群人之中跑出來。那人是莉娜．羅森。她跑向車子時，一頭淡金色頭髮迎風飄揚，眼神焦急如狂。

「謝天謝地你們回來了，」她喊。

「怎麼了？」奈丘問。「菲利斯他……？」

「是菲爾。他不見了。」

第四部 罪行顯露

布勞特督察留言要奈丘一回來就前往警局。車子駛向警局途中，他回顧了菲爾失蹤一事，並將莉娜和菲利斯．卡恩斯幾乎語無倫次的話拼湊在一起。昨晚奈丘遇襲，旅館陷入混亂，因此沒人發現菲爾沒在旅館吃早餐。菲利斯以爲他在自己下樓之前就吃過了；喬琪雅忙著照顧奈丘；旅館服務生以爲男孩想必是回家找母親吃早餐了。因爲如此，直到女傭十點走進菲爾的臥房，發現床沒有睡過的痕跡，大家才知道他失蹤了。女傭也在五斗櫃上發現一封給布勞特督察的信。信的內容布勞特尚未透露，但奈丘認爲自己也能猜得八九不離十。

菲利斯．卡恩斯憂心到快要發狂。奈丘爲他難過得無以復加，但願能免去接下來勢必接踵而來的悲劇，但他知道已經不可能了。事情已經發生，想要阻止這一切不會比阻止山崩或已經啓動出航的輪船更有希望。這場悲劇從喬治．瑞特利在鄉間小路撞上馬丁．卡恩斯就已經開始。甚至可以說，從菲爾．瑞特利出生前就已經開始。最近的事件只是它的結局，接下來只剩下結語。但結語會又長又令人痛苦。直到菲利斯．卡恩斯、費歐拉、莉娜和菲爾的人生也走到盡頭，悲劇才會眞正結束。

奈丘在警局見到了布勞特督察。布勞特給人一種暗自得意的感覺。他告訴奈丘警方爲了找到菲爾而採取的行動：監視火車站和公車站，警告汽車協會的人，調查貨車司機。早晚都會找到人。「只不過，」他嚴肅地加上一句，「最後可能演變成要去河裡打撈。」

「我的天，你不會認爲他會做那種事吧？」

督察聳聳肩。兩人之間的沉默讓奈丘難以忍受。他有點激動地說，「那只是菲爾最後一次唐吉訶德式的舉動。一定是的。我想我看到灌木叢在晃動，那一定是菲爾，他聽到你說要逮捕菲利斯。那孩子很崇拜菲利斯，想必以爲只要他逃走，就可以轉移警察對菲利斯的懷疑。這就是他心裡的想法。」

布勞特看著他，神色凝重地搖著頭。

「史川吉威先生，但願我能這麼想，但現在這麼想也沒用了。**我知道毒死喬治．瑞特利的人就是菲爾**。可憐的孩子。」

奈丘張口想說話，但督察接著說：「你自己說過，這件事的解答一定就藏在卡恩斯先生的日記裡。昨晚我又把它讀了一遍，隱隱約約浮現一個想法，之後發生的事證明我想的沒錯。我就按照自己思考的順序來解釋這些線索。首先，菲爾看不過他父親對待母親的方式。喬治·瑞特利不但欺負她，還對她動粗。菲爾曾經跟卡恩斯先生訴過苦，後者當然也無可奈何。現在把場景轉到他在日記裡提過的那次晚餐。當時桌上一席人談到殺人的權利。卡恩斯先生說，殺了害他周圍所有人都活得悲慘又痛苦的人是替天行道。你記不記得，日記上寫說，菲爾提高聲音問了某個問題，而卡恩斯先生在日記上寫『我想大家都忘了他也在場，不久前他才獲准加入晚晚餐』。我想，我們恐怕一直都忘了這孩子的存在，我甚至沒採他的指紋。想想卡恩斯那番除掉社會害蟲的無心之論，對一個神經質又敏感的孩子會有什麼影響。他一邊煩惱著父親對待母親的方式，一邊聽著他最崇拜的人公開說，人有權利殺掉讓其他人活得痛苦不堪的人。記得菲爾對卡恩斯毫無保留的信任？你知道一個孩子如果受到自己全心崇拜的人這樣鼓勵，什麼事都做得出來。別忘了他曾經就這件事求助過卡恩斯，只是沒得到回應。你自己不也說過不止一次，菲爾成長的環境足以讓任何一個小孩心理狀態失衡。這就是你要的犯案動機和心理狀態。」

「今天早上史里文漢上將告訴我，菲爾他祖父，也就是艾瑟·瑞特利的丈夫，是在精神病院裡過世的。」奈丘對自己輕聲說。

「看吧，是遺傳。嗯哼。現在來說作案方式。我們知道那孩子常去修車廠，日記上也證實了。上面說喬治．瑞特利告訴他，菲爾曾經用他的空氣槍打垃圾堆的老鼠，所以要拿走一些老鼠藥對他來說不是難事。上禮拜喬治和費歐拉吵得異常地凶，菲爾看見母親被打得摔在地上，還試圖要保護她。那一幕想必讓那可憐的小夥子下定決心——或昏了頭，看你怎麼形容。」

「但你還是沒解決菲爾還在跟卡恩斯謀殺喬治．瑞特利同一天下毒的奇妙巧合。」奈丘應道。

「想到那離瑞特利夫婦大吵不過兩天，就沒那麼奇妙了。但那或許也不是巧合。日記就藏在卡恩斯住的房間地板下。菲爾一天到晚進出那間房間，除了在那裡用功之外，鬆脫的地板正好就是小男孩可能發現或早就發現的事。說不定他自己也曾把祕密收藏在那裡。」

「但是話說回來，如果菲爾那麼喜歡菲利斯，又怎麼可能選在菲利斯對他父親下手的同一天，對他父親下毒，那樣一定會連累菲利斯。」

「你的心思太細膩了，史川吉威先生，別忘了我們分析的是一個小男孩的心靈。根據我的推論，如果這並非巧合，那麼菲爾早就發現卡恩斯的日記，得知卡恩斯有意溺死喬治。看見父親從河邊安全回家之後，菲爾就親手在通寧水裡下毒。他從沒想過這樣會連累菲利斯，因爲他根本不知道喬治已經發現日記，並把日記交給律師。我知道這樣解釋有點牽強，所以整體而言我寧可相信這兩個謀殺行動發生在同一天是巧合。」

「嗯，聽起來是有一定的道理。」

「再來解釋其他部分。星期六的晚餐過後，毒藥開始在瑞特利身上發作時，莉娜．羅森走進飯廳，發現桌上的通寧水藥瓶，馬上聯想到是菲利斯下了毒，慌亂之際只想快點把藥瓶丟掉。她拿起藥瓶要往窗外丟，卻**看見菲爾把臉貼在窗玻璃上**。他在那裡做什麼？如果下毒的人不是他，而他得知自己的父親身體不舒服，一定會急著幫忙、傳話、拿東西，不是嗎？」

「依我對他的了解，他更可能會跑得遠遠的，或許逃回自己房間，把那個恐怖的場景從腦中抹去。總之就是逃走。」

「我同意你的看法。無論如何，你都料想不到他會貼著飯廳的窗戶看，除非在藥瓶裡下毒的人是他。他想確認房間裡沒人，才能進去拿走藥瓶。小孩子知道自己做錯事，試圖掩蓋證據是很自然的。後來他不就告訴你藥瓶藏在哪裡，還爬上屋頂去拿。」

「如果下毒的是他，他又爲了保護自己把藥瓶藏起來，何必要這麼做？」

「因爲他知道莉娜跟你說了她把藥瓶拿給他的事，無法再假裝對瓶子一無所知，最多只能毀掉藥瓶。他也盡力了。先是把藥瓶從屋頂丟下去，後來發現我撿起了碎片，他就像個小潑婦一樣撲向我，你也看見他有多激動。有一瞬間我以爲他瘋了，現在我明白他是瘋了，早就瘋了。他那個可憐又瘋狂的小腦袋只想著要把藥瓶丟掉。你想，我們從頭到尾都在解釋他因爲崇拜菲利斯．卡恩斯而出現的怪異行爲，從沒想過他要保護的是他自己。」

奈丘往後一靠，撥弄著頭上的繃帶。這讓他想起一件事。

「你認爲昨晚是菲利斯敲了我的頭，這跟菲爾是凶手的理論又怎麼兜在一起？」

「不是菲利斯。那孩子是因爲你才這麼做的。以下是我重建的過程：那孩子下定決心要逃走，午夜過後他摸黑偷溜下樓，走到樓下時卻聽到閱覽室的門打開的聲音。他打算從旅館前門溜出去，卻有人擋在他和前門之間。他也知道不管從閱覽室走出來的人是誰，都可能會打開走廊的燈，到時他就會被發現。當他縮在牆角時，手不小心碰到了靠在牆上的球桿。他焦急又害怕，可憐的孩子，困在原地動彈不得，於是就拿起球桿在黑暗中亂揮一通，往擋在他和出口之間那個看不見的人影打下去，就這樣把你打得倒在地上。菲爾被自己的所作所爲嚇壞了，不敢打開燈，也很害怕躺在地上的人影。他想起了餐廳的落地窗，就從那裡溜了出去。落地窗上的指紋是他的，我們跟他房間裡的指紋比對過了。」

「他很害怕躺在地上的人影？」奈丘如在作夢地說。「他逃出了旅館？」

「怎麼，有什麼問題嗎？」

「沒有，沒有。對，我想那是他會做的事。以後要是有人跟我說蘇格蘭場毫無想像力，我一定會站出來替你說話。對了，哪天你該見見史里文漢上將，說不定你會改變他對蘇格蘭佬的想法。」

「蘇格蘭人。」

「但說眞的，布勞特，你的推論相當高明，不過這全都只是理論，對吧？你完全沒有不利菲爾的實質證據。」

「一張紙，」督察嚴肅地說。「一小張紙。他放在房間留給我的一封信。一份自白。」

他把一張從練習簿上撕下來的畫線紙遞給奈丘。奈丘唸出上面的字：

布勞特督察，

凶手不是菲利斯。在藥瓶裡下毒的人是我。我痛恨爸爸，因為他對媽咪很壞。我要逃到你們找不到的地方。

菲力普·瑞特利敬上

「可憐的孩子，」奈丘低喃。「太悲慘了。天啊，好個聲東擊西之計！」他著急地說，「聽著，布勞特，你一定要找到他。要快。我擔心會發生什麼事。菲爾什麼事都做得出來。」

「我們會盡力的。不過，也許……沒那麼快找到他也好，不然他就會被送去安置，送進精神病院。我光想都不忍心啊，史川吉威先生。」

「別擔心，」奈丘說，用異常熱烈的眼神看著布勞特。「找到他就是了。我們得在發生什麼事之前找到他。」

「我們會找到他的，相信我，這點毫無疑問。他跑不遠的，除非開船。」布勞特語氣凝重地加上一句。

五分鐘後，奈丘回到釣手旅館。菲利斯．卡恩斯在門邊等他，眼神陰鬱焦慮，未說出口的問題在他唇邊顫抖。

「他們——」

「可以去你房間說嗎？」奈丘打斷他。「我有很多話要跟你說，這裡人多嘴雜。」

上樓到菲利斯的房間，奈丘坐下來。他的頭又開始痛了，一瞬間覺得房間在轉。菲利斯站在窗前，望著他跟喬治．瑞特利行駛過的美麗蜿蜒河岸和粼粼流域。他身體緊繃，感覺舌頭和心都重得受不了，阻擋他問出整天在他心裡滋長的問題。

「你知道菲爾留下一封自白書嗎？」奈丘和緩地問。菲利斯轉過身，雙手抓著身後的窗台。

「承認是他毒死了喬治．瑞特利。」

「瘋了！那孩子一定是瘋了，」菲利斯驚呼，無頭蒼蠅似地激動不安。「他不可能殺——我問你，布勞特不會當真吧？」

「布勞特恐怕做出了不利於菲爾、但說服力十足的推論，那份自白書替他下了結論。」

「不是菲爾做的。他不可能做那種事。我知道不是他。」

「我也知道。」奈丘語氣平穩地說。

菲利斯的手比到一半突然停住，那一刻，他不解地盯著奈丘。

然後輕聲問：

「你知道？你怎麼知道？」

「因爲我終於找到眞正的凶手了。我需要你幫我的推論填入細節，之後我們就能決定要怎麼做。」

「繼續說。凶手是誰？請你告訴我。」

「記得西塞羅的那句話嗎，我記得是在《論責任》那本書裡。**罪行在猶豫不決中顯露**。我很抱歉，菲利斯。你太善良了，下不了手殺人。就像今天早上史里文漢跟我說的，你的道德感太重了。」

「我明白了。」菲利斯猛吞口水，把話語投入橫亙在他們之間的駭人沉默中。

接著他擠出微笑。「很抱歉對你造成的種種困擾。特地來替我辦案卻得出這種結論，不可能太有樂趣。總之，一切都結束了也好。菲爾的自白恐怕破壞了我的計畫，我得去向警察說明。他到底爲什麼這麼做？」

「他很崇拜你，無意中聽到布勞特說要逮捕你，那是他唯一能幫你的方法。」

「天啊，怎麼偏偏是他。他讓我想起馬丁，想起馬丁要是還活著會怎麼樣。」

菲利斯一屁股跌進椅子，把臉埋進雙手中。

「你想他……不會做傻事吧？這樣我永遠無法原諒自己。」

「不會的，我相信他不會的。我眞心覺得你不必擔心。」

菲利斯抬起頭。他的臉蒼白又緊繃，但最大的痛苦已經過去。

「告訴我，你是怎麼發現的？」他問。

「你的日記。那是個敗筆，菲利斯，你洩露了自己。就如你開頭寫的，『膽怯也好，自大也罷，心裡的衛道之士都會不斷追著雞鳴狗盜之徒跑，逼得他說錯話，害得他輕忽大意，布置不利於他的證據，像個誘捕教唆的密探。』你本來打算把日記當作良知的安全閥，但後來**當你發現自己下不了手殺一個罪行尚未證實的人**，你就改變了計畫，日記也成了你的新計畫的主要工具。你就是在這裡露出了馬腳。」

「看來你全都知道了。」菲利斯歪嘴一笑。「我恐怕低估了你的聰明才智，我應該請一個比較愚鈍的專家來的。抽根菸吧。罪人也能抽最後一根菸吧？」

奈丘永遠忘不了那最後的情景。陽光灑在菲利斯．卡恩斯留著鬍子的蒼白臉上，香菸在陽光下裊裊上升；兩人討論菲利斯的罪行那種平靜、幾近學術的方式，彷彿那不過是他某本偵探小說的情節。

「你知道，」奈丘說，「直到你在採石場想把瑞特利推下懸崖卻又下不了手之前，你的日記都在煩惱自己無法證實他就是撞死馬丁的凶手。但採石場事件之後你似乎就理所當然把他當作罪人。就是這個差異讓我第一次摸對了方向。」

「原來如此。」

「我們一直以為你沒能把瑞特利推下懸崖，是因為瑞特利開始懷疑你別有居心。他為什麼謊稱自己怕高？我們以為是因為他多少已經對你起疑，所以想拖延時間。但昨天晚上我又讀了一遍你的日記，突然想到說謊的人或許是你。假設你讓瑞特利站在懸崖邊，但就當你要假裝絆倒撞上他，把他推下懸崖時，你發現自己下不了手，因為你無法證明他就是撞死馬丁的人。是這樣嗎？」

「對，你說的沒錯，是我太軟弱了。」菲利斯恨恨地說。

「那種特質不能說是一無可取，雖然那恐怕出賣了你。後來即使你已經在院子裡說出日記的事和你對喬治的憎恨，卻還是拒絕跟莉娜有任何瓜葛，你又再度出賣了自己。你想跟她分手，因爲你不希望她繼續跟一個殺人凶手牽扯不清。菲爾不是這個案子裡唯一一個無可救藥的唐吉訶德。」

「別再提起莉娜了，那是我引以爲恥的一件事。我確實喜歡上了她。我也把她當棋子一樣利用——原諒這種老套的說法。」

「再倒轉回去。我重新檢視你在採石場事件之後的行動，並假設你所有行動的首要目標是從喬治口中套出事實。除非他承認是他撞死馬丁，不然你不會對他下手。你對於可能錯殺無辜之人所表現出的猶豫不決，揭露了你的罪行。你無法直接問是不是他撞死了馬丁，他只會矢口否認，把你趕出家門。所以你就故意讓他懷疑你，引起他的好奇，用迂迴的方式讓他知道你想殺他。」

「我不知道你怎麼能想到這些。」

「首先，你想辦法受邀住進瑞特利家，儘管不久之前你才說過，無論如何你都不可能跟他住在同一個屋簷下，而且日記被發現的風險也會大大提高。但假設**讓喬治發現你的日記**就是你的新計畫不可缺少的一部分，而且別忘了，根據你的敘述，你甚至故意激起他的好奇心。在那次卡飛斯夫婦也在場的午餐派對上，你跟他們說你正在寫偵探小說。有人要你朗讀給大家聽時，你假裝很激動並巧妙地暗示喬治，你把他寫進了故事中。在那之後，喬治那種人絕對會忍不住去偷看你的手稿——更何況幾天前你才煞費苦心讓他發現你的眞名不是菲利斯．蘭恩。」

菲利斯目瞪口呆盯著他看了片刻，一臉不敢置信，後來才逐漸會意過來。

「今天早上史里文漢上將告訴我，八月十二日星期四他在切爾特翰的一間茶館看見你——或以爲他看見你。你跟一個留著濃密小鬍子的大塊頭在一起，上將稱他爲無賴也不算錯。那人顯然就是瑞特利。史里文漢每週四下午都會上那間茶館，你跟他是老朋友，當然也知道，所以你絕不會故意挑在星期四下午跟瑞特利走進那間茶館，除非你希望上將認出你，叫你的名字，跟你打招呼。實際上也是如此。瑞特利聽到上將對著你離去的背影喊你『卡恩斯』，立刻就開始懷疑你跟他開車撞死的馬丁．卡恩斯是否有關。史里文漢一說出這件事，我就明白你爲什麼不希望我找他談了——不過，這些都是他主動告訴我的。」

「打傷了你的頭我眞的很抱歉。昨天我眞的慌了，都是爲了拖延你跟史里文漢見面，到頭來卻全白費力氣。老傢伙話匣子一開就停不下來，我擔心他會告訴你茶館的事，但我眞的盡量不要下手太重了。」

「沒關係。人要能享樂也能吃苦。布勞特以爲昨晚是菲爾爲了逃出旅館才敲我的頭。他的推論自有一番道理，卻沒解釋爲什麼我醒過來時襯衫鈕釦都是解開的。你不會解開一個人的襯衫確認他還有沒有心跳，除非你怕自己下手太重。菲爾嚇死了，不可能敢靠近地上的人，這點布勞特自己也承認。如果殺害喬治的凶手是你以外的人，因爲我快挖出眞相而狗急跳牆，他會一心要我死；要是他打開我的襯衫，發現我還有心跳，他絕對會再打我一次。」

「因此，摸你心跳的人是我，殺死瑞特利的凶手也是我。沒錯，那大概是我的一個敗筆。」

奈丘遞給菲利斯一根菸並替他點了火柴，他的手遠比對方的手抖得還厲害。他只有對自己假裝他們是在針對想像的殺人案進行學術討論，才能進行這場對話。他繼續把細節一個一個往上堆，雖然兩人都已了然於心，但只有這樣才能延後不可避免的那一刻：他或菲利斯不得不決定下一步（也就是最後一步）的時刻。

「你在茶館遇到史里文漢是八月十二日的事。你的日記裡完全沒提到這件事，只說你那天在河上度過愉快的下午。你捏造了那天的日記，這一點很有意思——我這麼說恐怕太過冷血。但這麼做沒有意義，畢竟你算準了喬治會偷看你的日記。而且假裝你沒去切爾特翰反而更危險，因爲警察可能調查你的行蹤，發現其中的不一致。」

「寫那篇日記的那晚我既興奮又沮喪。茶館那一幕是我新計畫的第一個行動，過程很驚險，那想必蒙蔽了我的判斷力。」

「我想也是。其實我早就覺得你八月十二日的日記有點怪。你提出了哈姆雷特爲什麼拖延復仇的理論。你的藉口太多，反而顯得有點虛假和掉書袋，暗示你想對想像的讀者隱瞞你自己拖延復仇的眞正理由——在確認對方的罪行之前，你下不了毒手。這當然也是哈姆雷特猶豫不決的眞正原因。但藉著提出延長『復仇的甜美期待』的理論，你希望能轉移好奇窺探者的注意力，不讓人發現你眞正的問題在於太過敏感的良知。」

「你很聰明，竟然能發現這點。」菲利斯說。奈丘覺得菲利斯的語氣令人無限傷感，平靜又略顯失望，彷彿奈丘挑出了他書裡的錯誤。

「後來你在日記裡又重提同樣的論調。大概是說『仁慈的讀者，或許你猜是那個低沉細小的聲音。別騙自己了。我對除掉喬治．瑞特利毫無一絲良心不安。』你想假裝自己毫無良知，但良知在你的行爲和日記的字裡行間清楚可見。希望你不介意我繼續說下去。你知道我必須釐清所有事，至少在我的腦袋裡。」

「想說就說吧，」菲利斯又歪嘴一笑。「愈久愈好。記得《天方夜譚》？」

「那好。假設現在你打算讓喬治看到日記，那麼你的沉船計畫一定是幌子。如果你眞想在河上溺死喬治，你就不會在日記裡寫下所有細節，之後還慫恿他去偷看。於是我問自己，那何必要安排駕船出遊？答案就是，爲了逼喬治親口認罪。對嗎？」

「對。還有，我很確定喬治已經上鉤。有天我發現藏在地板裡的日記位置有點變動。顯然光是讓他知道我是誰、要來取他性命，對他還不夠。因爲怕過失殺人的事曝光，他不敢揭穿我，除非這件事關係到他的生死。所以他才會讓我繼續執行計畫，直到我帶他出海，建議他駕船順風而行。他當然自以爲事先做好防備，出發前就把日記寄給律師，我也算準了他會這麼做。在船上我們兩個人都很緊張，喬治無疑在想，我會不會眞能鼓起勇氣執行我的計畫。而我也如坐針氈，等著看他是否意識到有生命危險，會不會在最後一刻不得不承認是他撞死了馬丁。我可以告訴你，我們兩個都繃緊了神經。如果他接受我要他順風航行的提議，那就表示他根本沒讀我的日記。要是如此，等我們回到他家之後，我就會把那瓶通寧水倒掉。」

「最後他屈服了是嗎？」

「對。船掉頭之後，我要他掌舵，他整個人就爆發了。說他知道我在搞什麼鬼，說他要是有什麼三長兩短，他的律師就會打開日記，甚至還敲詐我，要我花錢把日記買回去。那是我最煎熬的一刻。你想想，我很確定是他撞死了馬丁，不然他就不會等到那個節骨眼才攤牌。我不是唯一因為遲疑而顯露罪行的人。但我沒有確鑿的證據。而且當我提醒他，日記上也寫出馬丁車禍的事，所以公開日記對他跟對我一樣危險時，他大可以抵賴，假裝聽不懂，但事實上他承認了。他承認他進退兩難，默認了他就是撞死馬丁的人。這麼做也讓他自取滅亡。」

奈丘站起來走去窗邊。他覺得暈，心裡有點難受。這場對話必須極力壓抑的情感壓力讓他疲憊不堪。他說：

「依我看，只有把沉船計畫看作從不打算執行的障眼法，才可以解釋另一個難題。」

「什麼難題？」

「這恐怕又得提到莉娜。你想，如果沉船意外是玩真的，如果那是你真正的、唯一的殺害喬治的計畫，那麼你不可避免要在死因聆訊上公開你的真實身分，莉娜也就會知道你是馬丁・卡恩斯的父親，馬上懷疑『意外』不如表面單純。當然了，她可能不會出賣你，但我不認爲你會把生死交到她手中。」

「我想我一直故意假裝看不見她對我用情很深，」菲利斯嚴肅地說。「我一開始就騙了她，所以無法眞心相信她不是在騙我，不是爲了錢才接近我。可見我是個一無可取的人渣，死了對世界也沒損失，對我自己也是。」

「另一方面，如果你毒死瑞特利，也知道日記會變成證據，就得接受法蘭克・卡恩斯的事勢必會公諸於世的後果。但你需要所有人相信溺死喬治才是你眞正的殺人計畫。既然你打算那天下午溺死喬治，只因爲他意外得知你的意圖，計畫才失敗，難以想像你會在同一天晚上準備對他下毒——你希望警察這麼想，對嗎？」

「對。」

「很聰明的想法，把我唬得團團轉。但你知道嗎，這對布勞特有點太巧妙了。X承認有意殺掉Y，Y死了，因此可能是X下的手。他的腦袋是這麼運作的。高估警察的敏銳度或低估他們的常識，一向都很危險。還有，你讓警察很少有機會懷疑其他人。」

菲利斯紅了臉。「天啊，我還沒壞成那樣。你不會認爲我有那個能耐把無辜的人拖下水吧？」

「不會，至少不是故意的，我很確定。但你日記上的內容讓我一度懷疑瑞特利老夫人是凶手，而布勞特也根據日記提出不利菲爾的推論。」

「我承認艾瑟．瑞特利被吊死我也不在乎，她把菲爾的生活弄得一團糟，但我從沒想過會把嫌疑轉移到她身上。至於菲爾……你知道我寧可死也不願意他受傷害。」菲利斯壓低聲音接著說，「事實上，某方面來說的確是菲爾殺死了喬治．瑞特利。要不是天天看到他欺壓菲爾，我說不定會死了心或因為害怕而放棄殺他的念頭。那就好像看著馬丁被扭曲和受折磨。天啊！要是到頭來都是白費工夫！要是菲爾真的——」

「不會的，菲爾不會有事的。我確定他不會做出什麼傻事，」奈丘說，盡可能讓聲音聽起來比實際上更有把握。「但是你希望外人怎麼看瑞特利的死？」

「當然是自殺，但莉娜卻拿走藥瓶要菲爾藏起來。只能說善惡終有報。」

「但喬治有什麼自殺的動機？」

「我知道他那天傍晚回到家會很激動，大家也都會注意到。那是驗屍官一定會問的問題：死者是否情緒不穩？我想像警察會認為他是一時衝動才尋短，因為擔心撞死馬丁的事會曝光之類的。我知道他會去修車廠開車回家，所以要拿到毒藥對他也不是問題。不過我其實不擔心動機的問題，只想趕快除掉瑞特利，不讓他再傷害菲爾。」菲利斯頓了頓。「說來奇怪。整個禮拜我擔心得要發狂了，現在終於要面對了，卻好像都無所謂了。」

「我很抱歉是這種結局。」

「不是你的錯。你已經替我扛了很多事。布勞特想現在逮捕我嗎？」

「布勞特什麼都還不知道，」奈丘緩緩說出口。「他還是認爲菲爾是凶手。也好，這樣他就會把心思都放在搜尋菲爾上面，總不能壞了名聲。」

「布勞特不知道？」菲利斯站在五斗櫃旁邊，背對著奈丘。「我不懂。也許你不是我想的那樣。」他打開一個抽屜並轉過身，眼神狂熱，掌中一把左輪手槍。

奈丘坐著不動，身體放鬆。他什麼也不能做。兩人之間隔著一整個房間。

「今天早上菲爾失蹤之後，我走去瑞特利家找他。雖然沒找到他，卻找到這把槍。是喬治的槍，我想或許會派上用場。」

奈丘瞇起眼睛，用感興趣、略微不耐的表情看著菲利斯。

「你不會想對我開槍吧？眞的沒有必要——」

「老天啊，奈丘！」菲利斯驚呼，對他苦笑。「我不認爲我有資格。你誤會了，我是想讓自己解脫。我參加過一次謀殺案審判，不想再參加一次。你介意我拒絕邀請，用這個了斷嗎？」他表情扭曲，目不轉睛盯著左輪手槍。奈丘心想，他動用了超人般的意志力，他的尊嚴不容侵犯。因爲尊嚴，還有藝術家對完美高潮的要求，讓他能夠強自鎮定，臨危不亂。在難以忍受的壓力下，我們都很容易把某種情況放大——那是我們稀釋殘酷的現實，讓極度的痛苦堪可忍受的方法。

片刻之後他說：「聽我說，菲利斯。我不想把你交給布勞特，因爲我不認爲喬治·瑞特利死去對這世界有任何損失。但我也不能隱瞞這件事，除了要考慮菲爾，布勞特過去也一直很信任我。如果你願意寫一份自白書——最好我說你寫，這樣才不會遺漏所有重點，寫完就丟進旅館郵筒寄給布勞特，之後我就可以去睡個午覺。我的腦袋嗡嗡響，是需要睡一下。」

「英國人的妥協天分，」菲利斯說，詫異地瞥著他。「我應該要感激你這麼做。我是嗎……是的，總比左輪手槍好……至少不會弄得慘不忍睹。奮戰到底，在我喜歡的地方。」

菲利斯的眼睛再度興奮得發亮。奈丘疑惑地看著他。

「如果我可以前往萊姆里傑斯，我的小船擱在那裡。他們絕不會想到我會那樣逃走。」

「可是菲利斯，你不可能有機會到得了……」

「我不是眞的想要機會，我的生命已經隨馬丁而逝，現在我知道了。我只是借用幾個禮拜的時間來解救菲爾。我想死在海上，改跟光明磊落的敵人奮戰——風和海浪。但他們會讓我跑那麼遠嗎？」

「很有機會。布勞特和其他警察現在都忙著找菲爾。如果他有派人盯著你，現在大概也去忙了。你的車在這裡，而且——」

「我可以剃掉鬍子！老天啊！說不定我能如願。我說過有天我要剃掉鬍子，溜出封鎖線。那晚在院子裡說的，你還記得？」

菲利斯把左輪手槍丟回抽屜，拿出剪刀和刮鬍用具開始剃鬍。之後，奈丘站在他旁邊看他寫下自白書。奈丘跟他一起走到樓梯口，看著他把信封丟進郵筒。他們在房間裡又獨處片刻。

「開車到那裡大概要三個半小時。」

「布勞特如果傍晚才回來就沒問題。我會要莉娜守口如瓶。」

「謝謝，你幫了我很多忙。我希望……我希望離開之前能知道菲爾平安無事。」

「我們會替你照顧好菲爾。」

「還有莉娜……告訴她這樣遠遠比什麼都好[51]，就這樣說。不，告訴她我對她的愛。我不配她對我那麼好。那麼，再見了。今晚或明天我的生命就會結束。還是，死後還有生命？我希望能理解所有發生的不幸背後的原因。」他咧嘴對奈丘一笑。「那麼我就會是『洞悉事理的幸運之人』[52]。」

奈丘聽到車子發動聲。可憐的人啊，他喃喃自語，我真心相信他還抱著希望，回到小船上，等待風起。他走去找莉娜……

---

51 狄更斯在《雙城記》裡的名句，原句是：It is a far, far better thing that I do, than I have ever done.（今之所為，遠遠好過昔日之所為。）

52 古羅馬詩人維吉爾的詩句，原文 Felix 一語雙關，既指幸運之人，也是主角名。

後記

奈丘・史川吉威的瑞特利命案檔案中的新聞剪報。

摘自《格洛斯特郡信使晚報》：

菲力普・瑞特利昨日早晨在塞文橋家中失蹤，今日終於在夏普內斯被尋獲。男孩的母親費歐拉・瑞特利太太接受本報記者採訪時表示：「菲力普偷偷坐上塞文河的駁船。今天早上駁船在夏普內斯卸貨時，有人發現了他。他身上並無受傷的痕跡。當初是因為父親逝世陷入低潮才離家出走。」

菲力普・瑞特利的父親是喬治・瑞特利，塞文橋的傑出市民，警方目前正在調查瑞特利命案。此案由蘇格蘭場總督察布勞特負責調查。今天早上他告知記者，他有把握近日就能破案。

目前為止法蘭克・卡恩斯仍下落不明。他在塞文橋的釣手旅館下榻多日，警方希望針對喬治・瑞特利命案找他問話，他卻從昨天下午起離奇失蹤。

摘自《每日郵報》：

昨日下午有一具男屍被沖上波特蘭的海岸。經過指認，確認死者即因涉嫌瑞特利謀殺案而遭警方搜捕的男子法蘭克．卡恩斯。上週末的強勁南風把卡恩斯的小帆船「泰莎號」沖上岸後，警方在岸上發現支離破碎的殘骸，之後就將調查範圍集中在這片海岸。

卡恩斯是廣為閱讀大眾所知的犯罪小說家，筆名為菲利斯．蘭恩。延期審理的瑞特利死因聆訊將於明日在塞文橋舉行。

奈丘．史川吉威的筆記：

我接過最傷心的一個案子就這麼結案。我擔心布勞特看我的眼神還是帶著些許懷疑。他已經用他最含蓄的方式暗示我，「卡恩斯就這樣溜出我們的手掌心真是太可惜了。」伴隨著狡猾又冰冷的眼神，遠比任何指控都要教人不安。儘管如此，我還是很慶幸菲利斯有機會照他希望的方式離去。至少讓這件慘不忍睹的事有個乾淨俐落的結尾。

布拉姆斯《四首嚴肅的歌》的第一首，把《傳道書》第三章第十九節改寫如下：「野獸得死，人也得死，兩者命運相同。」就把這當作喬治．瑞特利和菲利斯的墓誌銘吧。

【Mystery World】MY0016

野獸該死

The Beast Must Die

作　　者❖尼可拉斯．布雷克（Nicholas Blake）
譯　　者❖謝佩妏
美術設計❖蕭旭芳
內頁排版❖HAMI
總 編 輯❖郭寶秀
責任編輯❖遲懷廷
協力編輯❖聞若婷
行　　銷❖許芷瑀

發 行 人❖凃玉雲
出　　版❖馬可孛羅文化
10483臺北市中山區民生東路二段141號5樓
電話：(886)2-25007696
發　　行❖英屬蓋曼群島商家庭傳媒股份有限公司城邦分公司
10483臺北市中山區民生東路二段141號11樓
客服服務專線：(886)2-25007718；25007719
24小時傳真專線：(886)2-25001990；25001991
服務時間：週一至週五9:00～12:00；13:00～17:00
劃撥帳號：19863813　戶名：書虫股份有限公司
讀者服務信箱：service@readingclub.com.tw
香港發行所❖城邦（香港）出版集團有限公司
香港灣仔駱克道193號東超商業中心1樓
電話：(852)25086231　傳真：(852)25789337
E-mail：hkcite@biznetvigator.com
馬新發行所❖城邦（馬新）出版集團
Cite (M) Sdn. Bhd.(458372U)
41, Jalan Radin Anum, Bandar Baru Seri Petaling,
57000 Kuala Lumpur, Malaysia
電話：(603)90578822　傳真：(603)90576622
E-mail：services@cite.com.my
輸出印刷❖前進彩藝有限公司
初版一刷❖2020年12月
定　　價❖380元

國家圖書館出版品預行編目(CIP)資料

野獸該死／尼可拉斯．布雷克（Nicholas Blake）著；謝佩妏譯. -- 初版. -- 臺北市：馬可孛羅文化出版：家庭傳媒城邦分公司發行, 2020.12
面；　公分. --（Mystery World；MY0016）
譯自：The Beast Must Die
ISBN　978-986-5509-49-1（平裝）

873.57　　109016029

ISBN：978-986-5509-49-1（平裝）

城邦讀書花園
www.cite.com.tw